靠非近爱

林碧玉 著

复旦大学出版社

目录

【推荐序】
守护医疗守护爱／王正一 ... 5

不停歇的见证／李毅 ... 9

【自序】
靠近爱，爱无碍／林碧玉 ... 13

守护

守护 ... 20
无悔 ... 25
福音 ... 30
不染尘 ... 36
志为护理 ... 41
呼唤爱 ... 47
春来了 ... 52

典范

一念心 130
能与不能 125
母妇 120
守护爱 114

誓言

无放逸 106
关键 100
结好缘 94
治未病 89
自然 83
誓言 76
无碍 70
护理二十年有成 65
领悟 60

探索

春晖	198
探索	193
无尽藏	188
观察	182
探究	176
重生	170
菩萨行	163
人医	158
念纯	153
放下	147
典范	141
薪传	136

【推荐序】
守护医疗守护爱

王正一

虽然认识林副总好多年,但相处时间极为有限。只知道她把全副精神都放在慈济的志业上,做事认真,做人热诚。有机会先看到她的"新书档案"是我的荣幸,从字里行间呈现的是她一贯的知性、理性与感性兼具的特质,读来令人动容!这本大作集结了她最近两年在《人医心传》及《志为护理》两本刊物上发表的文章,全书分为"守护""誓言""典范""探索"四个单元,一共三十余篇。"守护"谈医病关系,"誓言"谈慈济医疗理念,"典范"是医疗同仁素描,"探索"为其他。记述医院、医师、护士、志工以及病人的故事,故事里流露真情,表现爱心。这是一本充满爱的纪事志。

　　这本纪事志里记录着她对同仁的细腻观察与关怀,对慈济医疗志业的肯定与期勉。医护合作及努力奋斗是那么的真实,例如巴基斯坦的灾难及之后南海大海啸,证严上人亲自参与规划救援行动及大爱屋的建设,慈济人快速且尽心尽力的救援行动,真可说是无远弗届。这是"尊重生命,关爱灾民"的最佳表现。

　　一个个小爱故事的呈现串起慈济团队的大爱,展露出无私无我的慈济精神。大林骨科简主任偷偷回家看父母的人子孺慕之情,台北神经内科林医师因为爸爸罹患帕金森症而立志学习神经学,是人饥己饥、人溺己溺的发挥及延伸。是"毅"也是"义"。慈济人视病犹亲得到病患热诚的对待与回报;医病之间互相称许,做到"医病一家"的境地。从院长室传来病患爽朗的欢笑声,引出十九年前的往事,它是骨瘤成功割除的见证。"移植"从无到有,合作医院拒绝虽令人扼腕,也是沉痛的回忆,但也让第一例活体肝的成功更显珍贵。

　　二〇〇一年慈济捐髓者拯救苏州少女,在抢救生命的二十个小时的节目播出后,终而打开大陆捐髓的热潮,二〇〇七年大陆捐髓者到台湾,其中之一来自苏州。这是巧合也是来自捐髓人的柔情善解的心,它是两岸人民最弥足珍贵的互动。心莲病房里的病人之所以能够坦然面对即将到来的时刻,主要来自周遭医护人员及亲友的照顾及用心,体贴且无微不至的呵护使他们无惧无畏。

大林医师学习耕农,更知道农作不易及对务农者常存感恩之心,也更体会医术要专精,有待更多的揣摩与施作。车祸现场的凄惨激发了人性的爱,志工不眠不休的付出,印证了世间万法皆由爱出发的道理。捐赠器官者的父亲何等伟大!他不仅不再追究肇事者的过失,还为他收惊,并捐出至亲的全部器官来救更多的人,这样明理又有爱心的人,不只是令人感动钦佩而已,真正是人性的最高表现。

在慈济有说不完令人难忘的故事,有数不清令人感动的事迹。知智双运、福慧双修正是慈济人的写照,也是慈济工作者的特色。医护人员及志工无怨无悔地将满满的爱给病患及他们的亲属,他们是化身的观音菩萨。瑟若芬(Prof. Sarafin)每年背着摄影机记录慈济人的生活,他回到美国推展医疗人文。慈济情怀不必透过言语就能远播他乡。

文中提及"上医治未病",这个观念很重要,医院的经营者有这样的看法是特别值得大书特书的。慈济晨间人文讲座,由证严上人开示,同仁分享交流,它是涵养医病伦理及学习待人处世最好的桥梁与媒介。在学习"勇于承担,舍我其谁"的大勇、大慈与大悲的路途中,我们看到了典范。崇高的目标与至性至情的流露让我深受感动,我相信读者也会心有戚戚焉。

本文作者为佛教慈济综合医院董事、台湾大学名誉教授、肠胃内科专家。

【推荐序】
不停歇的见证

李毅

在证严上人的身边,常常可以看到一位志工的身影,几丝白发掩不住敏睿的精神,淡淡的鱼尾纹遮不住清透的眼神,永远步履坚定,一丝不苟,行事果决,就像一个转动不停的马达,勤快、坚持,而且充满能量,她就是林碧玉副总执行长。

林副总非常忙碌,在医院里,如果不是为了主持会议或伏案批阅如山的公文,很难看到她有坐下来的时候。也因此,如果你认识林副总,看到这本书的内容,可能会跟我一样,一时之间难以相信如此细腻动人而且感性的文笔,是出自一位具有如此刚毅风格的女性之手。

但是如果仔细阅读此书，透过一篇篇动人无比的慈济医护的真实故事，你就不会惊讶，因为这些故事就像是源源活水，温暖地注入林副总热爱慈济的心，自然而然幻化成感恩的美妙篇章，自林副总的笔尖，油然而生。

这本书有许多单元，我每看完一个单元，都会回头看一看这个单元的标题，标题字不多，通常二至三字，却可以精确地表达一个故事的精髓；例如第二章其中一个单元，诉说着大体解剖课程无语良师的启用仪式上，"当掀开往生被时，刹那间，一位妈妈无限激动，抱着十四岁女儿遗体的脸颊，轻轻抚摸着、抚摸着，忽然低下头来，抱住女儿头部喃喃私语良久……"这是多么感人至深的画面，林副总在赞叹家属的大舍和大勇之余，并以佛经中"无放逸"为此篇标题，意即"人生苦短、生命无常，舍生者为良师，活着把握分秒，往生后化无用为大用"，是多么的淋漓透彻、境界深远，为无语良师的永恒慧命，下了最好的注脚。

坊间不乏探讨医病关系的书，医学院里医学伦理也是必修课程，但是近年医病关系仍持续走下坡，医师与护士进入医院后，满腔热血很快就消磨殆尽，主要是医护人员所受的伦理教育与实际状况有极大落差。而我之喜爱《靠近爱》,并向读者推荐这本书,是因为它并不说教,甚至没有提到"医学伦理"四个字,但是以活生生的真实故事,娓娓道来慈济医疗志业中的医护人员,如何在慈济大爱的濡染下,与众多终身志工共同努力将医院推向医疗桃花源。

在第三章的"放下",提及最偏远的慈济台东关山分院潘永谦院长,在除夕这一天,仍然协助同仁固守急诊。这段文字描述,让我想起潘院长曾半开玩笑地跟我提起:"我太太说,嫁给我这个台大医学系毕业的医生,本想过好日子,后来去花莲也就算了,现在居然愈跑愈远,跑到关山来了!"而今,潘院长全家放下都市的绚丽生活已好几年,在美丽的小镇,恬淡自在;白天除了看诊开刀,还到病人家中访视;夜间万籁俱寂的时刻,慈济关山分院透出的灯光,代表着守护生命二十四小时不停歇,而在这温暖的灯光下,一定可以看到潘院长的背影。医疗志业许多这样的画面,这样的篇章,透过林副总的感动,一则则记录在书里,不就成了医学伦理的最佳典范与见证!

而这本书的另一面相,是让读者得以窥见慈济医疗志业从一无所有到今天开枝散叶,林副总跟着证严上人一路走来,努力克服困难的点滴足迹。林副总曾说,有一天她离开人世前,要在双脚分别写下"慈"、"济"二字,因为她生生世世都要走慈济路。因此这本书不仅是林副总对慈济医护同仁的期许与见证,也是她在慈济这条路上,脚步从未停歇的最好见证!

本文作者为慈济医学中心品管中心执行长、麻醉科主治医师。

【自序】

靠近爱，爱无碍

林碧玉

几经踌躇，《人医仁医》第二辑要出版了，《靠近爱》这本书是笔者陪伴医疗志业同仁们，追随证严上人一起乘风破浪度过重重难关，体会无数生命的悲欢离合，从中捡拾个案，每月在《人医心传》分享读者的拙文。如今看来文义虽略显羞涩，却无法遮掩笔者对于大医王、白衣大士、蓝衣菩萨，以及医护同仁的善知识——"病患"的崇敬之意。更重要的是所有的事相中，均隐藏一股无形却巨大的支撑力量，这一股力量的泉源，就是来自证严上人的智慧引领，导引慈济医疗从业人员，医病要医心、救人要救心的全人医疗；更直指大医王虽无法主宰生命，且医疗非万能无力诊治所有的隐形疾病，却能受千万人所尊崇，是来自医疗从业人员有一分"以病为师"的谦冲悲怀，是因为放下我执缩小自己，才是会受人尊崇的不二法则。慈济医疗同仁们领会法要，踩着稳实步伐，一步一脚印遵循法教"做就对了"，才有如今受国际间所肯定之人文医疗观。

回顾医疗志业点点滴滴，没有苦哪会有甘呢？苦来自何处？甘又从何来？说穿了一切无非爱，一分对尊重生命的热爱，因为是苦病患之苦，悲病患之悲，欢喜病患所喜，自然甘味涌上心头，是复杂或简单？答案是简单！只是因为一分无私的爱，像一枝画笔般，勾画人性至情之喜乐或哀愁，而，笔者旁观者清，虽不识个中滋味，却看到志工们为病患奔走付出。约略计算志工老兵们，一天在院区内不停穿梭走动付出爱，总长绝对超过十公里，所展现的十八般武艺，尽是为病患才放下身段，更甚者是全年无休的付出，这岂是一般人所能为？也因此赢得专家学者的赞叹："志工们已超越社会工作者所要追求的心灵照顾境界"。志工们无所求，却也赢得一身真功夫。

再看看志工们，为协助培育未来医师临床诊断，虽非演员，扮起病人来，却也如假包换。专家学者们隔着墙在双边镜中观看医学生问诊,忽然,回头很认真地对教师说:"您们怎可以将病人带来这里看病呢?"直至了解这是如假包换的标准病人后,个个露出无限尊敬的眼神。其实,这些志工们不是演员,却能精准地揣摩各式疾病,这智慧的来源,当然是因为证严上人的启迪,激发自性佛性,自然智慧通达,这一点一滴,怎不令人钦敬!

大医王们则易地而处,扮演清扫破漏房屋之志工,但见他们携家带眷,利用假日甚至医师佳节,也是以为行动不便者,或是为残疾教养院,打扫清洗房屋或为他们洗澡来度过佳节。他们看病的手脚干净利落,打扫的手脚却显得有些艰涩,想到此,愈发感觉他们谦卑可敬!

而回到医师本色,为病追根究底,不放弃任何能让病患好转的一丝机会。经常看到他们慨叹、沮丧,当然,也看到因为病患好转,而抿在嘴角的一丝笑容,真正做到"不为自己求安乐,但愿病患得离苦"。旁观着这一切,感动、感恩即在心头回荡不已!

白衣大士们更可爱了,他们与病患间之互动,经常会被外人误会为至亲呢!有时,想到白衣大士们身兼数职,尤其是兼人妻、人母、人师最重要是人媳,而二十四小时晨昏颠倒轮班，若非大愿力岂能为之！

不由联想起本书之封面，是笔者某日清晨在苏州护城河畔所拍摄，古人曰"月映千江"，素有"千江有水千江月"雅词。记得当天在薄雾中，乍见太阳漂浮在河床中的惊奇与惊喜，又何况高挂天空的太阳，却又谦卑地淡淡映在河床，双日温温煦煦呼应，刹那间，醒悟原来日照千江万水，是那么自然和煦，而抖动在潺潺流水中的太阳，让笔者真想到河底捞日，真想留住这一美景。啊！凡夫心不可得，一切妄念幻想仅仅是眼前一瞬间！

冥想月亮与太阳，月映千江为哪般？日照千山万水又为何？日、月依着自然法则运转，山川转乎？日月转乎？日、月无论自转或公转，它们无私无求付出光芒普照大地，自自然然地付出一分爱，它们尽一分爱自然、爱大地的本分，永不停熄地在夜间绽放光芒，在日间带来温暖，大地群生因此有了生命的希望。而！慈济医疗菩萨群们，正与日月为肤慰群生而运转相辉映，团队不论是扮演炎炎烈日，或柔柔月光，都是禀持一分"千江有水千江月，日照千江万水，万里无痕万里天"普爱群伦般的自然照拂，它暖暖地、徐徐地流向病患，缓缓流向需要的人，只是您愿意让它靠近吗？您愿意让爱靠近吗？

　　感恩王正一教授不吝为笔者撰写推荐序，王教授在慈济创院初期，协助慈济医疗解决缺乏医师之苦，是医疗志业奠立基础之大功臣，一心想追随上人推动人本医疗尊重生命的愿景，退休后在慈济致力于医学临床教育，每星期快乐奔波于台北、花莲间，悠游在奠立扎实的人医精神之传承，真令人感佩与赞叹！又蒙承担病人安全医疗品质李毅执行长撰文推荐，真不敢当！当然，要感恩《人医心传》、《志为护理》的编辑团队们，每月不断鞭策，才有今天拙文的出现，这一切的好因缘，无非回归推广一个"爱"字，不禁吟哦：

"爱"无私，可以穿透云端抵达无边际！
"爱"可以小如针孔，也能盈满宇宙；
"爱"可以不分国界，可以不分肤色种族；
"爱"也有"碍"，而"碍"，是因为自我阻碍，
放下"碍"，靠近"爱"，这个世界真可爱！
爱如日、爱如夜般自在！来吧！让我们自然"靠近爱"！

感恩上人智慧如醍醐的引领！感恩精舍师父们关怀如甘露，感恩所有的典范慈济人，感恩生身父母养育之恩！感恩兄弟姊妹们及慈愔师姊的护持与陪伴！

慈济医疗团队们让我们一起练就，爱自然澎湃，爱自然剔透，让"爱"淡淡地涌现，淡淡散发在呼吸间！莫辜负"爱"殷勤的呼唤，让我们，靠近爱！轻松智慧涌现爱！

春来了

所谓善孝者必为良医,听听他成长的过程,再听听病患肯定他术德兼备,这一条路走来有笑有泪。

挥别了多灾的二〇〇五年却挥不走心里的阴霾。尽管温室效应的因素,全球处处有暖冬的现象,但远在彼方遭受地震灾害的巴基斯坦喀什米尔山区,随着海拔高度的不同,正遭风雪交加侵袭,灾民无家可归只得挖着地洞藏身避寒,无情的大雪无法阻挡,一波波一波波接踵而来,透过寒风,或压扁遮盖、或侵入洞中,于是受冻往生灾民与日剧增,消息传来怎不令人唏嘘?

关怀世界传送爱

前往巴基斯坦第一线赈灾的慈济医疗团队,悲悯与救人之使命交错,在灾区鼓着勇气走过边走边爆破的崎岖不平道路，跨越摇晃不已的吊桥，使命使然勇往前进，为的是提供灾民一线希望。至今返台虽有一段时日，心里却悬挂着在灾区受寒受冻的穆斯林朋友。

幸有好消息传来：在世纪大海啸中受难的斯里兰卡、印尼亚齐灾民，在慈济人努力推动兴建下，两地大爱屋均已部分完成，灾民有家可归了，新家是经证严上人亲自参与规划，整个规划设计包括有社区活动中心、清真寺、教堂、学校等完整社区，规划后并兴建实品屋供灾民参观提供意见，是尊重生命、尊重灾民最具体的展现。

而印尼亚齐为大爱屋启用，更提供义诊为灾民治疗痼疾。当大医王们踏上亚齐的土地，深深为亲眼目睹之灾害遗迹所震撼，尤其是走在万人冢上，凭吊刹那间往生的数万幽魂，举目所见怵目惊心，撼动医疗团队的心灵，激起敬佩之心，是那些在第一现场艰辛推动赈灾工作的慈济师兄姊们。团队们走过现场感触良多，纷纷发愿把握当下付出爱。难能可贵的是大医王们，撰写赈灾义诊心得，据说麻醉科陈宗鹰主任为输入中文文字煞费苦心，最后提起纸笔漏夜伏案，促使他们撰写的动力，是那种颤动心灵的牵挂，唯有曾经走过才有可能意会心传。所谓上医医国，在网络蓬勃发展的年代，关怀世界并不困难，只是我们愿意投入关怀行列吗？

温馨医病的典范

证严上人除了关怀贫病者外，更关心日益转坏的医疗环境，尤其是医病关系的重塑。生命本无价，实无法以买卖交易，病患如何转换消费者角度，转为感恩医师救命之恩呢？在功利彰显的浊流中，很少人会想到，一个医师成长或养成的过程，是非常艰辛的。例如大林骨科简主任的爸爸，虽然家庭不富裕，为了培养简医师，在他初中时就送他到台北就学，夫妇勤奋耕作以供儿子学费。可怜小小年纪被迫离家，思亲之情急迫，搭夜车返回嘉义大林看爸妈，却遭父亲责怪赶他回台北，并下令不准学期中返乡，可怜小小年纪思乡情怯，只得偷偷搭乘夜车到斗南，再步行数小时回到大林，又担心父亲生气不敢进家门，只好躲在甘蔗园里，遥望父母亲耕作的身影至天黑，略解思亲之情再北返。历经数年思亲之情难断，求学之路更不能懈怠，直至医学院毕业，一听慈院要在大林建院，终于为他找到一条通畅回家之路。

所谓善孝者必为良医，听听他成长的过程，再听听病患肯定他术德兼备，这一条路走来有笑有泪。

台北分院神经科林主任，则是因为父亲罹患帕金森症，誓为良医并发愿走入帕金森医疗领域。当一位先生陪太太前来看病，林主任一眼望出自认为健康的先生可能罹患帕金森症，经检查证实肉眼所诊断，多年来林医师一直照顾这一对夫妻的健康。甚至台北分院启用初期，该病患前来急诊需住加护病房，因满床无法收治，只得协助转他院加护病房治疗，林医师仍然每天前往该院多次看护，视病如亲、勤奔波无怨尤。夫妻俩感受林医师之爱，医病之间成为好友，他们每次到医院回诊时，总不会忘记为照顾病患误餐的林医师带个自制的便当，医病之间情同莫逆。当林主任在电视上叙述此段医病情，且叙述对已卧病在床多年的父亲孺慕之情，如何细心为父亲翻身、换尿片等等事宜，据悉林妈妈及这一对病患在电视机前哭红眼睛，谁又能说医界少了典范呢？

如此医病之情，为冷漠的买卖医疗注入一丝丝温情，期待能激起一些些温馨医病涟漪。

医王之爱驱走阴霾

而心脏科的黄医师则是不舍糖尿病患遭受截肢之恸，苦思为病患做腿部血管支架较冷门之医疗，只为保住病人双腿而付出爱。两年前一位郭姓病患跌落山谷，经五天无人发现，据他自己叙述，在无奈中不断呼唤证严上人救他，是巧合？是奇迹？被登山客发现，通告救护队。送来花莲慈济医院时，颈椎受伤、头皮破裂、伤口长满蛆，经许医师细心为他拿掉一条条蛆。事后许医师及团队们说，看到密密麻麻的蛆游走在头部及脑内，全身不由起鸡皮疙瘩，但念头一转却转为感恩心，感恩因为有这一些蛆，及时将郭先生腐烂的肉吃掉，反而对郭先生伤口有帮助。

想想这群大医王们，学医历程一路走来，面对生命压力及学习压力，却仍然以毅力而不退其救人之初衷，无论走在灾难现场，无论抢救生命于呼吸间，经常天人交战，却也不改其悲心，甚至连微小的蛆，他们都会以感恩心来对待，大医王的爱豁然驱走心中深深阴霾，喔！二〇〇六年春来了！医疗团队莫蹉跎，志为人医不退缩！

（原载二〇〇六年一月《人医心传》）

呼唤爱

心灵在分毫间找寻到生命的目标与意义,心灵的春天需要找到爱,我们一起呼唤爱!

春节期间,花莲的清晨一股清香扑鼻,推开窗,似远还近的中央山脉映入眼帘,如如静坐、汩汩洒出一股静谧,晨曦反射山头透出一线宁静的光芒,两旁路树枝枝冒出新芽,"春"已来到身旁,一股暖暖的感觉笼罩四边。

农历春节欢乐气氛浓浓,慈济医疗五所医院同仁们全年无休,发挥守护生命、守护健康、守护爱的良能;慈济志工们放弃休假,投入医院守护同仁及病患的身心灵。

勇气不退的生命斗士

信步走到花莲慈院院长室,耳际传来一片欢笑声,好奇地加快脚步探视,经说明原来是一位年轻女病患,她永生不忘此救命恩情，每年必来拜会陈医师，致上感恩。

这位陈女士非常健谈，娓娓道来，十九年前就读初中时因为髋关节疼痛，难以承受，辗转由母亲带往台北求医于某医学中心骨科主任，经诊断为骨瘤，宣告无法开刀、无药可医，并判断生命将不久人世，母女听闻相拥悲泣不已。带着即将丧失生命的沮丧心情返回花莲。不久，这位骨科主任来到花莲看诊，母女再次鼓起勇气求诊，没想到该主任回答："我已经告诉你们无法医治了，实在不必再来。"再次的冲击情何以堪，所幸母女求生勇气不退，辗转后来到慈院求诊。当时陈医师诊断该骨瘤虽是良性却会致命，因为该肿瘤属性特殊会不断增生，这可能是北部医学中心放弃医治的原因吧。

陈医师鼓励病患与家属应接受积极治疗并开刀，父母虽爱子女，但面对当时的医疗环境，病患总有开刀风险过高的心情，且某主任言语阴影深埋心中，在信或不信之间反复挣扎；经多次商讨，陈女士的老师力劝父母，陈女士是一位聪颖的好学生，值得关怀，应该试试机会。老师知其家贫，表达愿意为他们发动募款，筹措医药费用；更知学生自尊心高，劝募工作仅在老师间低调进行。这位好老师的爱心令父母感动，虽然还有一丝死马当活马医的无奈情绪，但双亲终于点头，同意让她接受治疗。

因手术部位接近骨盆腔、子宫、泌尿系统，手术困难且复杂，陈医师组成含妇产科、泌尿科等等团队，一起抢救生命，第一次手术挑战不可能任务，结果成功令人感佩。

但果如陈医师所料，不及一年，该肿瘤宛如春风吹又生，再次开刀、再次成功。又过了两年，肿瘤又生，此次肿瘤深入胸腔内壁，陈医师再次挑战不可能任务，从后胸切入切除肿瘤，术后筋疲力竭，感慨地向陈妈妈说："肿瘤顽强难除，今天已经尽力了，下次再生，恐怕无法战胜坚韧顽强的肿瘤……"陈医师语带哽咽，说着说着竟与陈妈妈抱头痛哭，视病如亲之情怀，医者仁者之悲心与无奈，令人动容。或许是这至情一哭，感动天地吧，说也奇怪，肿瘤竟奇迹般停止生长……肿瘤虽不再生，但侵袭已造成脊椎变形，高中时又经多次手术，至今看不出陈女士像几经鬼门关来回之人。

医病相系人间至性

陈女士又说出另两种心情，一为得知出国进修的陈医师返国，打电话到宿舍给他，电话声音似在睡觉的陈医师，第一句话回应的是："您是陈××"，令她感佩与感动，没想到一年不见，医师仍然认得她的声音；而自己非达官显要，仅是一位贫困小病患而已。

第二个心情是：当已经预排某日开刀，在开刀前夕，未经说明理由取消手术，令她心理忐忑不安、心灵受创……陈医师闻言立刻道歉，并一再说明可能是一时疏忽，将来一定会改善。

言谈间，医病不断互相称许，陈医师一再推崇感佩陈女士之勇敢，多次开刀，但未荒废学业，虽脚有些不便，但心理健康，努力求学求上进。清华大学毕业后，陈女士结婚生子，现任职于高科技公司，经常奔走于国际间，年年不忘救命恩情来相会。

在新春期间巧遇这一幕人间至性的交会，医病宛若家人，是当前医疗社会最需要者。

确立生命目标与意义

春节前证严上人行脚，为慈济人献上一分岁末祝福，在台中随师时，看到多对父母恓恓惶惶，因担忧子女而精神恍惚。一对父母泣诉，儿子从小优秀，一路平顺，当兵后，任职某高科技公司收入丰厚，看不出他有心事，某日饭后闲聊甚欢，毫无异状，儿子表示想休息而回去房间，不久楼下门铃声响起，"太太，您的儿子跳楼了……"妈妈如何能信？打开房门果然不见儿踪影，冲下楼已天人永隔。毫无预警的人间悲剧令人鼻酸。

从贫瘠走向富裕多变的台湾，如果生命的目标未确立，心灵的空虚立涌现前；相对地，慈济环保志工们，从清晨四点左右开始，展开护卫大地的工作至深夜，对照着许多人心灵空虚、精神恍惚的景象；志工们加入环保，撕裂一张张回收纸，仅为了一公斤多一元或半元收入？或真正寓含点滴不漏、绿大地的生命意义？护卫大地的同时，心灵在分毫间找寻到生命目标与意义，这应是人间至幸！

中央山脉挺拔青翠，春到人间照大地，心灵的春天需要找到爱，喔，来吧！一起呼唤爱！

（原载 二〇〇六年二月《人医心传》）

志为护理

护理照顾无法随着科技进展简化，因为至情与至性的接触，不间断的守护，燃起病患无限希望。

感恩《慈济护理》杂志要改版了，更感动将杂志更名为《志为护理》，顾其名思其义让大家对护理从业人员，多了许多想象与尊崇的空间；感恩徐南丽教授及同仁们辛勤耕耘，自创刊以来透过《慈济护理》杂志，传递护理专业新知，是理性学识的透视镜，是知性学识的放大镜，深获各界护理专家的肯定，与有荣焉！

知性、理性与感性兼备

但，同仁们不以现有成果为满足，一再谋思如何扩大服务，回馈广大热诚、肯定杂志的读者们，企图在提供理性、知性的护理学术中，注入护理母性本质，及感性的关怀人文于杂志。企盼杂志能具知性、理性、感性兼备人文，是人本医疗、尊重生命重要柢柱；期盼在护理前辈们指导、探究下，探讨护理人员初发心、投入护理工作的原动力，以及初初步入护理工作，面对生、老、病、死的心理冲击，如何克服？如何调适？

如何提起勇气面对未来，且还能有满满的爱照顾病患，是重大课题、是重大生命的希望，是巩固坚定"志为护理"的初发心，是专业技术外探讨护理人员内心深处的福田处，是杂志改版为《志为护理》的重要使命，也是同仁们推动杂志改版的重要目的。

年轻护士承载病患的依赖

护理工作发篁于欧美，南丁格尔献爱心于病患，受大家的尊重与景仰，是护理人员崇拜的偶像，也是许多护理人员步入护理的动力，因之素有白衣天使之封号，象征纯洁剔透无染，是病患最大的依赖。证严上人更推崇护理同仁为"白衣大士"，也就是尊崇为闻声救苦、无处不现身的"观世音菩萨"，听，床边呼叫铃声响起，护理同仁飞奔前往

护理同仁是"白衣大士",是无处不现身的"观世音菩萨"。护理"加冠"典礼,是南丁格尔荣光的传承。

肤慰,观世音菩萨化身当之无愧。

第一次让笔者掀开对护理认识之面纱,是一九八六年初,为花莲慈院即将启业,延聘护理人员。时,台大医院之曾督导负责招聘,考场忽闻一阵抽泣声,关怀向前探询,看到曾督导像妈妈般,轻拍一位少女肩膀,但见,少女轻靠其身不停抽泣,仔细了解始知,曾督导请教她实习时,什么事最令她难忘,轻轻一句话勾起她痛苦回忆,原来是实习时,曾经照顾一位长者,老人家痛苦地与病魔搏斗,终将不敌、临终哀戚。

少女年纪轻轻面临最终人生，病患似祖父、似至亲，一分不舍似至亲即将离去，令她震惊、令她悲戚，之后心情无法自拔，无法再在床边实习照护。毕业后，闻知慈济医院招募人才，暗自思量在证严上人所创办医院，或能寻回自信，献身医界，岂知简短一句轻轻话语，深深刺痛心灵深处，瓦解她的心防，令她不由自主哭泣。这一幕景象虽已逾二十年，却深藏笔者心底，因为这开启笔者对护理内心深处悲喜困顿的认知，领会未出校门的护生，必须面对超越他们年龄所能承受之压力，内心升起对护理人员由衷的敬意。

如慈母般全心呵护早产儿

是在二〇〇四年吧！一天，信步走到花莲慈院护儿中心之加护病房，护理同仁欢颜迎接，介绍七百克小小早产女婴。家属有意任其随顺自然，医护同仁不舍，力争保住小小生命，用心照拂已逾六个月，但闻呼吸器韵律声响，小朋友有意识乎？不意发现床头一本小册，信手翻阅，竟然看到是护理同仁，每日写着与小朋友的对话，内容展现至情至性，医病之间内心对话——

"姨几天没有轮到照顾你，偷偷地看着你，体重又跌到六百五十克，真担心！请你务必合作加油……"

"喔！好高兴，体重增加了……几天不见，姨好想你……"等等。

对照父母亲鲜少探视，每位护理同仁将她视为亲生女儿，床头玩具、衣服均是自掏腰包为她准备。照顾逾两年余，可以离开呼吸器自己呼吸了，为了是否让她出院相当费周章，父母无信心养育，不愿带出院，护理同仁一再沟通无效，转为用心想为她找一户好父母爱她，哪知欲寻觅认养家庭不易，同仁竟将她轮流带回家照顾。一日笔者在精舍巧遇认养她的同仁们，带着她到精舍游玩，笔者深深被感动，因着护理同仁们那一分对病患的爱，无怨无悔、永无止尽，确实是观世音菩萨的化身无误。

值此，展开《志为护理》杂志新风貌之际，深思医疗新技术随着科技快速演化，护理研究日益深奥，惟，不变的是护理照顾无法随着科技进展简化，因为他们是至情与至性的接触，因为他们是二十四小时不间断守护，因为他们深化护理照顾品质，燃起病患无限希望，让我们一起双手合十，致上诚挚的敬意，同仁们！为《志为护理》团队们加油！

（原载二〇〇六年三月《志为护理》）

不染尘

低头便见水中天，不用言语便能会心，用心体验病苦之苦，人医精神令人肃然起敬！

戴上学士帽，雀跃着，完成阶段性学习旅程，怀抱着理想昂起头，轻轻哼唱骊歌，弹走个人离愁，跨步踏上新里程，年轻的生命跃动着，随着生命的轮转，将投入滚滚红尘大社会。会迷茫？或清澈？应是生命重大启航。不会忘，师长谆谆教诲，握紧生命方向盘，航向希望的远端，这是六月，夏，不经意地来到身边。

隔海相会的撼动

为推动两岸大专青年文化交流，拜访南京医科大学请益，蒙校长热烈欢迎，简短介绍慈济"以人为本，尊重生命"的品德教育，尤其是志工精神的培育，令校方感动不已，一再赞叹回归实践儒家理念，甚是难得。而，南京医科大学也介绍他们重视道德教育，塑造医学人文的教学理念与方法，尤以大学一年级开始，必须背诵朱子家训，周副校长更是不放弃在校园里，与学生擦身而过的机会，随时背一句家训上文，学生必须接下家训下一句背诵，随时抽考纳入计分的走动教学，蔚成学习新风气。

周副校长更进一步说："除了朱子家训背诵外，学程中学生必须为父母亲洗脚，并必须撰写洗脚心得，促进学子们认真体验父母亲恩情重如山之精神。"王副校长说，周副校长一再邀请他参观教学成果展，他本以为学生为父母亲洗脚等是本分事，且自认自己是铁汉一个，岂知，看到学生之心得，竟不由得眼泪夺眶而出。学生的心得写着——

在想为父亲洗脚的时刻，忆起，在叛逆的年龄，耐不住父亲的唠叨，夺门外出在街头闲荡，天，竟下起倾盆大雨，父亲焦虑带着伞四处寻觅，找到我规劝我回家，在雨中父子对峙良久，最后是湿淋淋回到家，如今，父亲双鬓已白，为谁辛苦？为谁忙？

我默默地端来洗脚水，把父亲的脚放入脚盆中。父亲的脚，很粗糙，脚底有厚厚的一层茧。就是这双脚，在我发高烧的时候带我去医院看病；就是这双脚，在我年幼时的那个倾盆大雨的午后，耐不住我的哭喊，冒雨买零食给我吃；就是这双脚，在我一次次晚回家的时候去车站等我；就是这双脚，为了我们这个家，为了让我过上更好的生活，四处奔波，日日劳碌。我噙着满眼的泪水，模糊了视线，父亲眼中的泪光与爱意却清晰可见。"我以后再不乱跑了。"我鼓起了很大的勇气，启唇低语。父亲拍了拍我的肩，"想出去玩的话，改天天晴再去。"这就是父爱，深沉，却又那么有力地烙在了我的心中。

落实品德的教育

该大学对于品德不遗余力地推动着，经常传出美谈。有一位学生得知班上同学贫困却罹患癌症，无法缴交医药费，该同学为他劝募奔走，岂料，祸不单行，贫病同学的父亲也传出罹患癌症，该学生再次戮力劝募，并捧着劝募箱走上街头，为的是抢救同学父子之生命。

而，更令我动心的是，学生们经常在逢年过节，全班同学捐款购买礼物，送给老师，为的是"尊师"；送给警卫或打扫的清洁工们虽属稀有，但却是彰显"重道"的最佳展现。

更震撼的，学生们怀着感恩心对待拟捐赠供他们解剖的大体老师们，运用假日为拟捐赠之大体老师，做量血压、预防疾病卫教等等服务，经常听闻拟捐赠之老师言："恨不得早一点往生，好让学生解剖……"

低头便见水中天

南京医科大学实事求是的教学精神令人钦敬，慈济医疗志业的大林慈院同仁们，更是令人感动。他们有感于前来求诊的病患，大都来自农村，佝偻着身、腰酸背痛难耐，哪怕大医王们以同理心用心诊治，仍无法理解于万一，简副院长因此倡议邀约大医王同仁们，向农民租一块地种稻，从弯下腰插秧开始，不只学习农夫耕种，亲身实践更能揣摩农夫之苦，一天"低头便见水中天"插秧下来，晒红了脸、皮肤剥了一层皮，足足有好多天走路不便、腰酸背痛，往后再见农村病患，不用言语便能会心。如此用心体验病苦之苦，若非有大仁大勇如何为之？大医王之人医精神，岂不令人肃然起敬！

　　历经数月除草施肥，为爱护大地更是有机耕植，没有施洒农药，一种另类种植实验。有别于动物实验，前者医心后者医病，医病者全球医界均竞相研究为之，耕种为医心者，可能是前无来者，期望后有继者棒棒接续为医心。

　　六月，骊歌轻唱，六月，炎热夏日当头，却也是收割佳节，看这饱满稻穗低下头来，任农夫割取温饱众生，大医王们更欣喜收割，白米吃在嘴里甜在心底，是自己辛苦所得，体会农耕之苦与喜乐在心深处，所谓如人饮水冷暖自知，其法喜岂是他人能体会能取代？耕作心得最大的收获，来自医病间最佳对话，对症下药是最佳议题。

　　而，学士帽上的丝穗，是昂起头来，骄慢前行的时刻？或是当师长为我们拨穗时，正是低下头来，省思师恩父母恩众生恩的最佳时刻？激起我们时刻撷取身边的事、物，怀抱感恩的心情，不忘父母粗糙双手为谁忙，不忘父母双脚厚厚的茧为何来，不忘师长殷殷叮咛为谁双鬓白！新鲜人，莫迟疑！体悟滚滚红尘，莫染红清净的自己！

（原载二〇〇六年六月《人医心传》）

福音

证严上人以谦卑胸怀,关怀天下苍生,引导大家缩小自己,以病人为师之观念,创造一股善的循环。

　　二〇〇四年美国圣荷西大学广电学院巴巴克·瑟若芬教授(Babak Sarrafan),耳闻慈济医疗人文关怀,经介绍前来花莲慈济园区参访。当他抵达花莲慈院,看到病患与医护人员间互动,露出浓浓医病情深受感动,尤其是在心莲病房看到大多数癌末病患,脸上露出满足、安心的笑容,视死为生的源头的"往生"观念,十分震撼、啧啧称奇,一再重复说:"真正做到'对生者的爱、对往者的敬',真正做到医病、医人、医心的医病情,真是不可思议啊……"

瑟若芬教授再访慈济

　　二〇〇五年瑟若芬教授终于如愿来到慈济拍摄纪录

靠近爱

片。原来瑟若芬教授事母至孝，几年前母亲因癌症往生，住院治疗期间他到医院探望，深觉医院硬体虽佳，医护人员专业十足，气氛却是冰冷，医病互动谈论仅在"病"的框框里绕着，似乎没有探触到病患"心灵"境界，看到疼痛至极的母亲露出绝望、惊恐、无助神情，让他心疼与无奈，不知如何为母亲搭起医病间桥梁，以及不知如何能解除母亲恐慌，不知如何陪伴母亲走完人生最后一段旅程？接着失去母亲的痛之阴霾，医院灰暗冰冷烙印在他心底，倾听他的叙说，感受他的苦痛似乎深深刻在他的胸怀。

他一再强调，最想拍摄的就是慈济医病互动，尤其是拍摄慈济医师到社区居家往诊的珍贵镜头。有感于往诊在美国受到保险制度的牵制，已经销声匿迹了，因此瑟若芬教授希望借着影片播出，唤回美国医界大医王行医的原始情怀；望着瑟若芬教授脸上露出一股菩萨悲怀，深受感动，更感恩医疗团队用爱付出。

睽违瑟若芬教授已一段时间，渐渐淡忘他的感怀，二〇〇六年九月他背着摄影器材再度莅临慈济，为的是要在美国推展医疗人文，造福广大美国群众，充分地显现学者坚持为善的热忱，很幸运再次与他面对面对谈。瑟若芬教授问到，医护专业人员一向很自负，慈济医疗志业如何做到，让医护人员放下身段展现爱？勇于牺牲、热忱服务视病如亲？又如何让他们持之以恒、热忱不退？

笔者以医疗志业系证严上人所创办，上人尊重生命目标明确，以身作则用爱领导，自然吸引一群有抱负、有使命感，胸怀"以病人为中心"服务热忱医疗从业人员的投入加入，更因为上人念兹在兹为贫病弱势族群，用智慧解决众生苦厄，历经四十年如一日，自然形成最佳标杆。上人并时时以谦卑胸怀，关怀天下苍生，对周围人事物细心呵护，引导大家缩小自己，以病人为师之观念，更创造一股善的循环之氛围，人人互相学习，形成一股激励动力，驱动"使命感、荣誉感"，型塑一条一切从利他角度出发之人医康庄大道。

全方位的医疗关怀

笔者接着举例说明，有一天救护车急急送来一位身染血迹病患，整形外科急忙应诊，经诊断手腕肌腱断裂需紧急送开刀房，医师不断询问，为什么会砍断肌腱？喔！原来是一位惯性家暴者，动不动发脾气打太太已成惯性，稍早举刀追砍太太，没想到一不小心，反而砍断自己的肌腱，太太急忙将他送医陪在身旁，满脸忧愁一再询问医师，是否会完全复原？恳求医师尽全力抢救，若需移植肌腱，她愿意捐出自己的。

医师问他太太："您先生经常打您，这次也是为了打您不成，反而砍到自己，不会记恨吗？您真的要捐出肌腱吗？"太太虽忧愁却坚定地回答："我不恨他，只要他能复原，我愿意捐出一切。"医师湿润双眼感动至极："肌腱不能移植，我会紧急开刀，尽一切能力挽回他的功能。"术后住院期间，医师不断向该病患转达当时状况，并不断劝说请该病患出院后，要多多感恩、多多爱他太太。有一天，该医师接到一篮水果，篮中附有一封信，是那位先生所写，感恩医师的劝说，他出院回家后已尽力改变自己，如今家庭和乐融融，这一切都是医师所赐与。

医师接到这一篮水果无法退回，随即买了一张三千元汇票为水果代金，连同一封满满祝福，以充满感性的文辞，阐述当天病患太太的表现，告诉病患说："您这一辈子何其有幸，娶到这样爱您的太太，请您将感恩我的心情，感恩您的太太，多爱您的太太吧！"医病、医人、医心，全人、全程、全队、全家的关怀，这是多么感人的故事啊！

而搭起病患家属间桥梁、重建病患心理、深入心灵治疗的故事，在慈院几乎天天上演着，这一切正也是感动医护人员，滋润医护团队悲心的最佳良方，这也是慈济医疗团队不退道心的最佳资粮。瑟若芬教授听着听着不断点头，说："这正是我最想追寻，也正是我最想带给全美同胞的最佳福音。"

因着外国友人的来访，更印证慈济医疗人文之爱，是超越语言，无分国界，而这分二十年不变的医病与志工的真情，正是感动无数爱心绵密接棒的巨大动力。啊！不需言语、超越国界、福音远传，爱的滚轮永不停歇。

（原载二〇〇六年九月《人医心传》）

无悔

一群默默付出的护理人员,伴守在病患身旁;锲而不舍、终生无悔,为毫无血亲关系的病患服务。

　　美国奥斯汀大学护理教授潘迪卡女士(Joy Hinson Penticuff),应慈济医学中心护理部邀请,来台访问并于国际护理伦理研讨会专题演讲,内容精彩却也验证慈济护理人文,是当今国际护理界正在极力推动的,护理伦理之实践者。

全人照护与病患心心交会

　　潘迪卡教授是护理部主任在美国进修的指导教授,她平易近人神采奕奕,一点都看不出罹患红斑狼疮症多年,以及一星期前带状疱疹缠身。当她于证严上人主持之晨间人文讲座中分享时,一时情感奔腾,诉说她在慈济医学中心，看到一群宛如人间菩萨的医护人员，用真诚照顾病患，是她毕生少见的医疗团队，且是她毕生追寻尚无法达成的人文关怀，说着说着赤子之心涌现，泪如泉涌哽咽并抽搐难语，临别时，一再表达真想留在花莲。

研讨会当天心莲病房（安宁照顾）护理同仁，报告一位口腔癌病患，从病发濒临崩溃抗拒治疗，医师用爱引导，直至接受开刀治疗，欢喜出院到再复发，住院开刀治疗，心灵挫败抑郁难欢。尤其是引导建议住进心莲病房，该病患一再抗拒，直呼到心莲病房有去无回的恐惧。在医师恳切的引领下，悻悻地来到心莲病房默然不语，心莲医护用心灵陪伴着，无论在院内或居家关怀，漫长的"肤"理过程，终于心与心交会。

顿时该病患看开了，不只"醒悟"面对，更主动当起志工，除清扫佛堂拂拭佛像，并穿梭各病房辅导、安慰沮丧病患，还笑嘻嘻地与医护同仁讨论所剩时日多寡，预估时日将至，开始安排运用剩余之生命使用权，亲自勘查、建构最终归宿处——墓地，与建筑专家讨论坟墓造型，兴建中并亲自监工，墓地完成后还亲自审视深表满意，轻轻抚摸放置骨灰座位，欣然走向生命新出口。

护理工作是神圣的使命，学姊、学妹用爱接力，锲而不舍追寻护理真理。

向"零悲伤"目标迈进

从抗拒到欣然为志工，愉悦地走完他的生命历程，只有一件事是他一再表达要做、却没有完成的任务，那就是要现身说法让大爱台拍摄，不要嚼槟榔卫教短片的心愿未了，似乎是唯一之遗憾。他的家人虽然难过万分与不舍，却又欣慰地表达，能与父亲度过这一段人生旅程，是他们虽悲欣交集却也是最美满的回忆。全人、全队、全家、全程四全照顾，任务圆满达成，整个疗程的辅导，胜过事后悲伤辅导的无奈，此历程让医护同仁从中有更多的体悟，激励他们朝向"零悲伤"目标迈进。

当天,许许多多台湾护理界精英参与盛会,研讨过程与会者频频拭泪,唏嘘声此起彼落,感动、震撼、敬佩。尤其是多位岛内知名护理教授,莅临指导及主持专题报告,更是由衷赞叹,直至研讨会结束时间已到,会场仍然挤得满满与会同侪,护理心怀相知相契不舍离去。

护理职龄短暂所为何来?

在慈济人眼中,护理人员宛如白衣大士,护理工作是神圣的使命,但从专家们研究并统计数字显示,全球护理人员从事护理平均"职龄"约五年,从社会教育成本分析角度,护理教育成本不菲,短短职龄所为何来?是三班轮值?是晨昏颠倒生理时钟失调所致?是无法兼顾家庭?甚至过去许多专家常说,护理人员学历愈高,愈不想从事临床服务?无论,对于护理职龄无法拉长有多少疑惑,对学习护理却抛开护理有多少疑问,依然,有一群默默付出的护理人员,经常伴守在病患身旁;依然,有一群超过数十年护理工作的同仁们,锲而不舍追寻护理真理,终生无悔为护理,终生无怨为毫无血亲关系的病患，甚至，慈济医学中心护理同仁们，发出铿锵声音，希望医院办理"小夜安亲班"，好让他们可以在医院多留一些时间，为病患多付出一些。

二〇〇六年，慈济医学中心有二十四位住院医师晋升为主治医师及临床研究医师，他们发起筹办"感怀师恩、用心图报"谢师茶会，感恩的对象不只是教导他们的主治医师，他们更表达要感恩护理学姊的护持与教导。他们感念护理学姊们，在他们踏入医学领域，生涩无助、懵懂无知的过程中，给予他们支持，增进他们的信心，让他们在学习过程中，免于孤单，更呵护左右，尤其是夜深人静，病患病情激变，陪伴他们抢救生命的是学姊们无怨无悔的身影。期待，这一念感恩心，不是短暂的感念，若能化为永恒的感恩，似乎是鼓舞护理勇往直前不退缩的最佳良方之一吧！

看到潘迪卡教授的感动，以及她终生奉献护理的决心，冲淡对护理平均"职龄"短暂的遗憾；看到大医王不忘成长过程中，护理护持的感恩举动，这一分真情令人震撼，不由自主合十感恩！这就是慈济医疗人文！这就是护理无悔的磐石啊！

（原载二〇〇六年十月《志为护理》）

守护

山城小镇,永远有一群走在萧萧寒夜中的菩萨,守护病榻、守护生命、守护爱!

　　山城小镇,暗夜冷风萧萧路灯昏黄,微缩着头紧紧拉着衣领,迎着风迈着坚定步伐快步前行,深恐迟到延误交接班时刻,深恐病患们无法入寐,深恐急促的叫人铃声回应不及,带着忐忑的心怀着无限关怀的心情,日复一日驰行于暗夜中,为了赶赴医院交班,以便在深夜、在病榻或伴随自在呼吸的病患,或伴随呼吸器的声音,在宁静夜晚无悔地守护着生命。更在生命的危急中,划破深夜的宁静,紧张、急促地抢救即将失去呼吸的生命。如此日复一日,因为生命守护的使命,在乡间,晨昏日夜颠倒在所不惜,这种诚挚的护理心菩萨心,怎不令人钦敬。

玉里山城医病情深

玉里是位于花莲、台东两县之中枢，小小山城人口稀稀落落。过去，鸿德医院是外科医师曹医师所创设，抢救无数生命颇获好评，后因病往生，留下最大的遗愿，是希望证严上人能接办该医院。历经一些波折，慈济医疗志业接下老旧医院的重担，为的是山城小镇民众生命的宝贵，当时花莲慈院人力尚不足，只得以接力方式，一棒接一棒，以医师奔波送医疗到玉里，替代病患在一百公里路上往返，验证慈济医疗人医之爱。

接着，因为老医院房子破旧，下雨天，屋外下雨，医院内也是雨连连，更令人心疼。台风天，同仁们一起奋力，以桌面抵挡强风，窗户玻璃迎面纷飞，风雨中险象万生。天亮户外风静雨停，院内雨水仍然滴个不停，病床边水桶盛着滴滴落水，任同仁们声声恳求，病患仍坚不转院，只因为除了玉里离家近，玉里同仁们是他们的恩人、是他们的最爱，我在现场亲自领会医病情深，同仁们是他们生命的依赖，岂是豪华舒适建筑所能替代。

为了病患及同仁安全，证严上人再次决定，为玉里慈

玉里慈院不间断地往诊,是史怀哲精神的再续,也是慈济医疗人文的体现。

院建构新家。一时,玉里乡亲纷纷响应,有制作各式各类点心长期义卖,有做各类手工艺品义卖,终于,新家落成了!原住民乡亲组队前来祝贺,因为玉里同仁们,长期在清晨下乡为他们的健康把脉,减除他们每一趟次,从卓溪或其他村庄,搭一趟次计程车需耗费近千元之负担;尤其是天刚亮，医护同仁已到达眼前，既可治病也不妨碍耕作，是守护他们的菩萨。

到达医护最需要之处

此时，神经外科张医师自动请缨前往玉里常驻服务，促进他发如此大心的理由，是他长期在花莲慈院，每当他到急诊室诊视花莲沿线到台东病患时，发现病患已经沿途在关山、玉里、凤林进行多次人工心肺复苏术，留下一丝呼吸抵达慈院，任他用尽心血却绝大部分回天乏术，令他心生不舍，经常自问身为医师，是否应该到最需要处？于是，征得家人支持，全家下乡驻守在花东的中枢——玉里，让哪怕是台东的病患，可以在中途就能抢回几近垂危的生命，于是乎，玉里的新家，有了开脑专家进驻，成为坚实的医疗后盾。小小玉里慈院，有了六床加护病房，从此中风病患、重症病患真正有了希望，以地区医院之规模，进行区域医院以上水平之抢救生命于瞬间。

其间，最重要的是玉里慈院全院同仁不舍昼夜的付出，其中护理同仁留在乡下，少了都市的繁华，年轻的心亦能沉淀守护生命之志,不畏孤单地陪着医师们奋斗,谁又说人间寡情?在慈济处处温情也!

守护关山守护爱

关山已经将至花东公路尽头,更是山城中的山城,比玉里镇更小、人口更少,医院的位置又偏离镇中心,宿舍就在医院后方,同仁们将医院当家,没值班,也到医院陪伴值班同仁一同守夜。深夜,酒醉病患来临,是同仁们的梦魇,为了守护生命的使命,鼓起勇气也得面对。经常想到这一群在乡间默默守护病患的菩萨们,心生无限景仰与敬佩,尤其听到潘院长讲话,他说同仁们真正做到周"修"二日,在每一个周六、日,是他们行菩萨道的时间,除了奉献时间下乡、上山义诊外,更从微薄薪水中,购置各类乡间低收入户所需物品,解除低收入户之困顿,是乡间贫困学子的守护人,更是独居老人们的金孙。当他们定期开车到宅关怀、到宅治疗,更将老人接回医院照顾,为的是减少他们子女的负担。

慈济乡间医疗服务,是从病患需要出发,是慈善与医疗紧密结合的结构，笔者经常思维东部乡间真是有福，因为证严上人的带领，有了这一群人间菩萨，身怀医疗专业，心怀菩萨闻声救苦之使命，远离尘嚣迈入好山好水人间净土，心净则病患安。

特别要感恩玉里、关山同仁们，以单薄人力撑起守护生命使命，我们大家都知道，重病病患照顾是最困难的，还好有了您们，一切为病患不畏艰难，您们真正力行守心、守志、守德，慈济医疗真有福报，拥有一群人间菩萨真典范。

深信，山城小镇，暗夜，永远有一群走在萧萧寒夜中的菩萨，守护病榻守护生命守护爱！

（原载二〇〇六年十二月《志为护理》）

誓言

领悟

聆听证严上人智慧法语,句句铿锵有力,洗涤心灵污垢,心灵清净法喜,是菩萨勤习的好园地。

　　晨间人文早会,借着卫星传送视讯,嘉义、台北、花莲三所慈济医院医疗志业同仁们齐聚,在空中交会,聆听证严上人智慧法语。时而寰宇万物生灵珍奇,时而人间菩萨游化诸地。化繁为简启发心地,句句铿锵有力,洗涤心灵污垢,得来心灵清净法喜,是菩萨勤习的好园地。

　　志工分享心得时间,时而莞尔一笑,时而深契心灵,扣动心弦震撼不已,是验证上人所推动人间佛教,做中学、学中觉的大爱摇篮见证在眼前。

大悲中的宽容智慧

　　三月某日在返花途中,接到一通电话,缘由为台北松山区师兄的儿子发生车祸，正在某医院急救极盼转回台北慈院抢救，若无法抢救也要回台北慈院捐赠器官，闻言心念转动着无限祝福，并转动着无限的敬佩与感动。第二天早会在荧幕上，看到台北分院同仁在开刀房摘取器官后，致上无限恭敬与虔诚深深的鞠躬，这是一分对捐赠者的尊重，也充分显现同仁们做到对"亡者的敬"。随即又看到荧幕中，白发送黑发的师兄姊两位同修，悲痛中坚定镇静的身影，却看得出难掩心中哀戚，以及慈济法亲们围绕关怀，人间至苦与至情激荡在空中交会。

第三天早会聆听证严上人开示后，轮到花莲本会志工分享，忽闻一沧桑声音恭敬地尊称"上人"，随即报告："昨天捐赠器官是我唯一的儿子。当天晚上我在家门口，看到警察在紧张地张望四处，似乎在找人，我很自然地上前打招呼，才知道警察在找我，劈头要我立刻跟他至某医院急诊室，心中一股错愕与不祥的感觉，匆忙与师姊赶往医院，医师宣布瞳孔放大，孩子已无希望，我立刻联系台北慈院，盼望有一线希望或捐赠器官，看到肇事者的紧张与颓丧，我立刻安慰他，并告诉他我不会追究责任请他安心。"

停顿一下师兄又说："我今天带肇事者一起来精舍，敬请上人为饱受惊吓的肇事者收惊！"师兄平静平实的报告，在空中交会的医护同仁与志工们，一阵阵的唏嘘声，泪水在眼帘打转慢慢地流落满面。

在感动中镜头转到大林慈院，志工明月师姊报告："上人，没想到我今天要报告的，竟然是与这位师兄类似感人事件。"

明月师姊细述着，昨天有一位乖巧的学生，深受父母疼爱，刚满十八岁，父母才送他机车，虽然一再叮咛小心行车，没想到出门后，发生车祸经急救无效，转到大林慈院捐赠器官，过程中，看到肇事者紧张受惊至极，孩子的父亲在悲痛中却一再地对肇事者说："对不起，是我儿子不小心，让您受惊了！"对不起、对不起的声音一再在耳际回荡，不争气的泪水像溃堤溢满脸颊，深信在讲堂里的同仁与师兄姊们与我一般激动，因为耳边的抽搐声加大，无独有偶，不同地点、不同家庭，却有相同宽厚的胸怀，菩萨觉有情啊！人间真善的景象在眼前！

传承全人医疗

近年来全球医学界积极推动，医师不是看病而是看病人，是以病人为中心之"医病医人医心"的全人医疗。令人感动的是，台湾医疗先进们怀抱理想不遗余力，投入全人医疗教育工作，这是台湾医学临床教育最大的希望。

慈院医师们不落人后，纷纷加入全人医疗教学工作，看到他们已具有专科医师资格，却甘为全人医疗传承，放弃次专科之工作，从次专科转为一般科，致力成为教学行为导向的医师，带着住院医师结合护理、药师、社工、志工，团队共同照顾病患并勤习医学伦理，为病患提供全方位之全人照顾工作。从住院病患的照顾，到病患出院后的追踪，居家往诊的不定期关怀工作。

无语良师育良医

在慈济医学教育环节中，更有无语良师的大体捐赠，为培养医学生感恩人文，慈济医学生在学习解剖大体前，必须前往大体老师家中访问，了解老师生前的生活、喜好等生平点滴，让医学生在大体老师身上解剖时，从白天到深夜，在专业学习或心灵呢喃对话，学生与大体老师间有许许多多之心灵交会。

在追思会上医学生感恩地谈到，他访问大体老师的家属，其儿女忆起妈妈生前点滴不胜唏嘘，学生用心请教，您最怀念妈妈的是什么？儿女不约而同地说："以前老是觉得妈妈唠叨，现在最怀念、最想要的，就是妈妈的唠叨……"医学生自白闻此言相当震撼，因为他自己也经常怨烦妈妈唠叨不已，当下他发愿宁愿永远拥抱妈妈的唠叨。在追思会上听到学生的反省与体悟，除了感恩心之外，多了最好的生命教育，是培养人医最佳之基石。

　　而，证严上人所创造四大志业结合的种种教育环节，与亲自主持的晨间人文讲座，开拓人生宽广视野，培养慈济医疗从业人员不怨烦的慈悲胸怀。像朝会上这两对父母的宽厚，让我们领悟到，随手拈来，无不都是生命的真谛，只有感恩再感恩啊！

（原载二〇〇六年四月《人医心传》）

护理二十年有成

慈济医疗扭转花东医疗贫瘠宿命,不只医疗专业享誉海内,医疗人文医疗观念也传扬国际。

　　宛如昨日,为花莲慈济医院的筹备,或赶搭飞机,或于最后一分钟跑上月台跳上火车,经常心跳加速、险象万生、气喘嘘嘘,抱着大包筹备之各项资料,夜以继日奔驰于花莲台北间,在火车上、在飞机上,囫囵吞枣强行学习。对于非从事医疗专业人员而言,每一项事与物是多么新鲜、多么有趣,却又是多么具有挑战;火车在黑暗中奔驰,火车上的乘客多数甜睡鼾声不绝,昏暗的灯光,不熟悉又难懂的仪器目录,刚讨论要在医院成立时,推动的典章制度,在机上,窗外蓝天白云飘荡在山岭海端,短暂的飞行,却有无限学习的空间,仪器、制度就在奔驰的空间,就在每一个请教的空间,一步步踏实奠定。

奠立慈济护理的基石

秋去冬来春又夏，难忘的七年筹备，医院终于启业了，展开救人的神圣使命。犹记得，第一次招考护理人员，考场设在台大医院第七讲堂，报考人数虽不少，绝大部分的人员却对于交通不便的花莲却步，且对慈院的愿景无法产生信心，自然至花莲报到的同仁不多。记得第一次在花莲慈院为新进护理同仁做简报，阐述证严上人理念、慈济的未来，详述一年内护理同仁宿舍大楼会完成，中期会成立慈济护专，提供更多进修的机会，虽以至诚的态度企图增进大家的信心，无奈，言者谆谆、听者寥寥，除了慨叹难以取信于人，心急难以征得更多人才加入慈济的大家庭，忧虑启业后病患乏人照顾的难题上心头，一切的一切又不足为外人道也……

启业前，报到的护理同仁或刚毕业、或年资尚浅无经验，再者，人力招募不足，护理的工作困困顿顿，幸得，当时台大医院护理部周照芳主任的支持，调派资深护理督导、护理长等，排班联袂支援护理筹备以及初期护理照护工作。回忆当年，鼎力护持的护理朋友们，或短短一星期或一个月

护理照顾的用心与否,有时就在于小小的微笑与肤慰。

不等,紧凑的工作加上他们对家庭的一丝牵挂,以及一丝的乡愁夹杂,真是剪不断理还乱,怎一个愁字了得,慈院的启业就这样一步步匍匐前进……多年了,因为工作忙碌的因素,与这一群白衣大士们,失去了联络,仍经常挂念着他们,不知他们的近况可好?或许多数已退休在家含饴弄孙吧!惟,深信这一段花莲慈济行,是他们这一辈子难忘的记忆吧!当然,也是我们永铭于心,永怀感恩在心田的牵挂。

而,从启业初期的支援,到发心发愿专任慈济护理、如今院长室的温主秘,以及慈院之宝的供应中心林阿姨,在当年，可说是雪中送炭，非大愿力者无法发出大愿，有他们才奠立慈济护理的基石。慈济医疗在花东辛勤耕耘，如今二十岁了，检视慈院为花东地区开启医疗新页，引进各式高科技仪器，扭转花东医疗贫瘠宿命，创新各类医疗新技术，不只医疗专业享誉海内，创"以病为师"医疗人文医疗观念传扬国际，是二十年来辛勤耕耘之成果。

发扬爱的医疗人文

慈济护理在花东的贡献，从启业前，花东各医院因碍于花东缺乏护理教育机构，护理人力短少难聘，普遍任用无护理执照之护佐为照顾病患之主力，而慈院启业即全面任用具合格执照之护理人员，提升护理照顾品质，更办理各式教育训练，提升护理能力品质，借以带动花东护理照顾水平。证严上人更在医院启业后，在全台护理师资短缺的情况下，不畏难地积极推动护专的成立，并在慈院启业后第三年护专也矗立在花莲，开展护理教育工作，更甚者，是为花东地区原住民少女，提供领有生活费的免费就学机会，解决原住民的困顿，更是解决了花东地区医疗院所，延聘护理人员不易的难题，其最大受益者是病患，也验证"以病人为中心"思考的悲怀。

走过医疗二十年，近日因台中分院将成立，延聘之护理人员在花莲培训，这一些生力军分享心得时，说出见证慈院爱的医疗人文之感受，有一位护理人员分享：看到花莲慈院护理同仁的护理照顾，按部就班翻身等等护理工作非常踏实，且并不会因有家属陪伴，减少亲自为病患翻身的工作，从褥疮的低罹患率即可佐证，再者，亲自为病患擦澡的可亲度，以及当她自己为病患换尿片时，病患大号非常恶臭，却见医师靠近床旁，欢喜地参与换尿片之工作，是她从事护理工作十数年来，从没有的经验，让她受宠若惊外，感受到原来慈济的医疗人文，就在同仁间的互补中回荡出人性的至情，说着说着眼眶泛红激动不已……

护理的照顾不在于高科技医疗，而是在小小的微笑、小小的肤慰间，志为护理的神圣，也是在不舍小小方寸关怀间，在二十周年庆前夕，感恩护理同仁们交出亮丽之二十年，更期待未来能在小小的关怀中，璀璨出护理的光芒。

（原载二〇〇六年八月《人医心传》）

无碍

人医典范在世界各地,用医疗专业解病厄,用菩萨心贴近病患肤慰心灵,如今只要有苦难的地方,就有慈济菩萨群。

　　傍晚随着梵呗声扬起,听闻精舍法师们虔诚地声声唱诵"是日已过,命亦随减,如少水鱼,斯有何乐……"警策偈语,字字珠玑穿入心底,轻拨心弦激起丝丝涟漪;哦,是啊,"是日已过,命亦随减"啊,一阵警觉,蓦然回首二〇〇六年三百六十五天,无情地、不知不觉地将要离我们而去,不自觉地兴起没来由的惆怅,好似又向生命的尽头迈进一步。

　　该珍惜啊!深思,人生难得今已得,生命是如此珍贵,而,我有善尽使用之责吗?为社会人群又尽了多少力呢?……

医疗人文悠游全球

　　回首将消逝的一年,全球慈济人落实社区化,以证严上人的教法,秉持证严上人的教诲,取诸当地用诸当地,用心保护地球、关怀人群,誓为众生作依靠的使命,无论是生理的、心理的,有形无形的照顾,成为社区民众心灵之依归。慈济人坚守师志,一天八万六千四百秒,分分秒秒守护社区,累积成果累累。

五月是四十周年庆,全球各地慈济人本企返台齐聚回花莲寻根,但,证严上人为了免除慈济人长途跋涉,且场地不足众多人共修之虞,证严上人做出智慧决定,请全球慈济人以爱慈济之心,就地将其成果在当地展出,汇聚当地慈济人,共同分享过去所做,检视过去优缺,验证凡所走过必留下痕迹,且又都是善的痕迹。果然,当看到受照顾者现身展场,欢喜地诉说自己过去悲苦、不堪经历,却又见他们在欢喜中热泪盈眶,听闻者,一起同欢同悲,那一分感动,在内心深处澎湃久久,谁说:人情淡薄?谁又在乎种族、族群?在慈济见到的是佛性,见到的是人间净土的温馨祥和,见到的是人间最真最善的一幕,于是乎,慈济慈善志业四十周年,就在全球分散展出,合心坚守师志,围塑立体琉璃同心圆中,菩萨道侣步步迈向静思法脉,勤息慈济宗门,道路没有停息。于是乎,四十周年庆

当初怀抱热情东来的年轻医疗同仁,如今已成人医典范。

就以学习实质"力行"菩萨道,替代热热闹闹的庆祝,在圆满的展出、合心的共修中,大家明明白白地找到自己生命的归处,毫不犹疑地大步驰行于慈济道上,明心见性无怨尤。

紧接着,八月,慈济医疗圆满二十年,但见白衣缤纷绕全球拔除病苦,灰衣后盾勤补给,蓝衣志工菩萨,亦步亦趋作伴相挺肤慰,构成医病医人又医心。如此真善美的组合,源自于二十多年前,证严上人不舍众生病苦悲心契,感动慈济人发心追随,一路走来辛苦难罄书。庆祝会上看到当年筹建菩萨群,看见资深医护等同仁,从一一青壮到如今都已白头,仍然坚定追随证严上人脚步。往事历历虽如过眼云烟,不可忘却,虽苦却是练就迈向菩萨道最佳药方,也是训练迈向菩萨道腿劲最佳良方;如今,慈济医疗人文悠游全球,人医典范在世界各地,用医疗专业解病厄,用菩萨心贴近病患肤慰心灵,如今只要有苦难的地方,就有慈济菩萨群,二十年啊!是多少生命的希望……

展现悲心与智慧

忽忆起,二〇〇六年十月随师到大林慈院,骨科简瑞腾主任分享知识与智慧。他感慨地说,有一位罹患重度脑性麻痹合并胸腰脊椎柱侧弯病患,他看到推着轮椅的爸爸没有怨尤,日日背着体重日复增加的病患,背慢慢驼了、脸上皱纹加深了,三十余年尽心呵护如婴幼儿,父爱的伟大令人敬。还有另外一对双亲忧愁奔走,带着出生四个月就得病,如今一岁八个月、肋骨连在一起,骨盆大小不一,多处胸腰椎半椎体合并先天性脊柱侧弯的小朋友,父母亲从宜兰绕过半个台湾到大林,为子求医心切,医师怎能不被感动尽力而为呢？还有一对夫妻，结婚后经常吵闹无休止，已十一岁儿子忽然诊断出，罹患先天性软硬骨成骨不全症，这是基因突变肇因，父母爱子情深，为子求医路迢迢，因忧愁子女疾病难治，为子求医而改变争吵不休的习惯，这代价是否过高呢？

简医师又说看到罹患奇奇怪怪疾病儿童日益增加，因为受其父母亲爱的感动，激起他挑战困难的动力，更有一些罹患怪病儿童，却又失去父母关爱照顾，此时，就看到蓝色志工身影，非亲无故只为众生付出爱，无悔地推着病患、背着病患、陪着病患，奔驰于医院急急求诊。看到志工这一念心，更是他在未来行医路迢迢中，挑战困难的最佳指标。他又说：科技始终来自人性，知识始终来自智慧，知识，只是知其所学，总有专业区隔，有知识隔行如隔山，有智慧，则能无理不彻、贯通无障碍，知智双运，福慧双修。简医师的悲心与智慧，是慈济医疗二十年来的最佳写照，更是证严上人一再提倡礼教的标杆。

慨叹时日飞梭消逝，告别二〇〇六年，而，这一年国际灾难连连，慈济人一如往昔，奔驰灾难现场抢救生命不息，不由，虔诚合十祝祷，诸佛慈悲垂听，祈请加持"人心净化，社会祥和，天下无灾又无难"，人间净土来降临！慈济人把握当下，诸行无碍分秒合心勤精进，追随证严上人累劫行。

（原载二〇〇六年十二月《人医心传》）

誓言

"静寂清澄,志玄虚漠,守之不动,亿百千劫……"举手投足发恒长誓愿,声音贯彻全场似飞向云霄深远……

在气象预测低温且阴天的二〇〇七年元月八日,幸得龙天护法眷顾护持,太阳菩萨现身带来温暖,慈济医疗志业六院一条心,在六院院长带领下,白色身影跨大步,气势磅礴、欢欣庄严,齐声呐喊勤习菩萨六度法门"布施、持戒、忍辱、精进、禅定、智慧"奔向证严上人,迈向菩萨新道场——佛教慈济综合医院台中分院大厅。

誓言——守护健康守护爱

接着四大志业主管及海内外志工齐舞狮,舞出慈济菩萨道上如狮子般抢救生命勇猛精进不退。

小小菩萨们与超过七十高龄老菩萨们同比菩萨拳,小小菩萨边打拳边高唱："静寂清澄，志玄虚漠，守之不动，亿百千劫……"举手投足发恒长誓愿，声音贯彻全场似飞向云霄深远，宣达老老小小菩萨，在预防医学的推动下健康无虑。接棒的是简副院长率领的大医王菩萨拳，嘿！喔！嘿！喔！虎虎生风，举手踢腿活跃有力，在在是向证严上人以及慈济人表达坚定守护健康的责任。紧接着院长们虔诚捧持"守护生命的磐石"，紧紧跟随上人脚步迈进大厅，在全球无数慈济人的见证下，上人轻轻地将磐石嵌在地面，台中慈院同仁感动长跪，深深发愿永远担起守护健康、守护爱的使命于台湾中部。

上人一转身，但见九十一岁高龄师妈身穿志工迷你袈裟随着志工老兵颜师姊、明月师姊等志工菩萨舞动手语，大医王白衣大士们飘逸衔接，手画虚空传译生命之歌，坚持职志合一为病患的信念，他们自然地让出一条大道，上人步履上前掀起"福田一方邀天下善士、心莲万蕊造慈济世界"对联，刹那间，花园中庭志工菩萨飞奔在窗前报到，《法华经》中菩萨涌出景象现前，万众一心、一师一志，誓为慈济宗门力行人间菩萨道，赤子胸怀呈现于盈盈微笑脸庞，好一幅人间净土啊！

而，医疗志业同仁们更以无比真诚，举起右手，用宏亮的声音宣誓。

一块砖瓦一颗心，一包水泥一世情，一吨钢筋代代传，感恩上人带领，志工菩萨佛心师志，点点滴滴的付出，成就了医院的有形硬体与无形大爱。在此神圣的时刻，我们用满满的感恩心情，郑重宣誓：

我们要以病为师、以人为本、尊重生命。
我们要以预防医学为基础。
我们要以爱心关怀贫病老弱、走入社区、落实健康照护。
我们更要以感恩心回报师恩、回馈众生恩，
达成守护健康、守护爱的神圣使命！
医疗之爱生生不息！

接着，许院长以感恩心向先进求教：

"建院艰辛，从无到有，感恩有总院的推动，融合五家慈院与全球志工全心支持，步步踏实带领。我们将虚心求教，努力学习，传承慈济医疗之爱，在即将展开

誓言

服务的时刻，恳请五院院长与大学校长不吝继续提携指导。"

四大志业主管亦同声护持，共同宣誓：

六院同声："慈济医疗六院一条心！"

慈大王校长立愿："慈济大学，坚定做后盾！"

接着六院全体："医学合一，是我们的使命！我们共同发愿，以合心、和气、互爱、协力，提升医疗核心技术，服务、教学、研究、发展并重，迈向国际化！"

大爱电视台汤总监亦代表人文志业护持："我们努力发扬慈济医疗人文！"

最后四大志业同声："志为人医、志为护理、志为人师、志为人文、志为菩萨，视病如己、达到医病一家亲，让医疗之爱生生不息，树立人医典范。感恩！"

宣誓毕，由上人授袍予台中分院医护行政同仁代表，上人开示祝福，指引台中分院医疗志业方向，是以预防医学为主轴，治病于未病，以神经医学、心脏医学为重点，守护中部民众健康、守护爱。当上人扬手拉下菩提莲瓣，一时，数千菩提叶瓣从空而下，似千叶宝莲缤纷，一瓣瓣守护健康、守护爱的叮咛，守护生命、长养慧命之道场于焉开启。

预知疾病守护健康

回顾台中慈院从向台糖租地、土地变更、环境评估、规划，又因百年不遇之九二一大地震，慈济人第一时间兴建大爱屋为灾民安心安身，更担负五十余所学校重建之重任，先忧天下忧，再奠立恒久医疗志业，其间冗长历经十年努力始完成。如今，筑起"到医院是看健康，不是看病"的理想，期待将爱的健康理想深耕于社区里仁之间。

台中分院同仁振笔疾书预防疾病短文，陈子勇副院长日夜不懈校阅，化不可能为可能，创医界之先例，于启业前完成《守护健康——预知疾病123》医疗健康专书，让民众从简单文字间，了解如何保护自己；而，同仁誓为"未病者把关"这一分使命感，在二十一世纪高龄社会环境中，最能伴随高龄长者活得好、活得健康、活得日日有所为、有所用。

慈济医疗志业从边远的花莲到人烟稀少的玉里、关山坚守守护生命使命，再到当时平均每万人仅七张病床、缺乏医疗的云林、嘉义，为回馈北区慈济人医疗之爱延伸到台北，清清澈澈从病人出发之爱的医疗，终于绕回上人当年的出发地——台中，环绕台湾医疗网雏形已成，虔诚祝祷同仁们勤耕慈济医疗之爱于永远。

（原载二〇〇七年一月《人医心传》）

自然

大自然自在的运转,毫不干预,任人踩踏、挥洒,仍悠然自得尽本分输出养分。

搭机飞翔在三万公尺高空上,穿梭云海飞越重重山峦,见窗外山顶皑皑白雪,飞机外的高空环境应是摄氏零下数十度吧。探头俯视大地,灰蒙蒙一片,陆地应是冷飕飕的,颜色特别白的区域应是河川,见其蜿蜒横越寸寸土地,错综复杂极具生命力,不停息地往一村又一村迈进,似母亲般毫不吝惜输出活水滋润大地,似母亲般为了春暖时分养息,只为子孙们尽更多心力。

感恩!大自然自在的运转,毫不干预,任人踩踏、挥洒,仍悠然自得尽本分输出养分,然,是否因默默承受随方就圆?似春蚕吐丝?不可忽视,大自然似乎正在蜕变,是否蓄势等待反扑?如何扭转,回归自然?宛如,日本在迈向老化人口社会结构中用心逆转,有机会顺势回归年轻化人口结构？

引进中医护理

记得，十余年前吧，医院处于台湾东部一隅，资源取得不易，有感于住院病患经常深夜辗转难眠，护理人员奔忙于床榻边。治病优先处理疼痛是自然现象，但当时疼痛治疗观念尚未引进台湾，止痛的吗啡愈用会需要愈高剂量，且因受公家机关管制，医师并不建议增加剂量，因此要病患强忍疼痛，包括癌症病患，唉唉病榻间，护理同仁年轻，感同身受，心情难以从病患的苦中跳脱，又不能泪眼婆娑地出现在病房，病人苦、护理苦病人所苦。旁观其间悲心难弃，苦思另类解决良方，偕同护理同仁们，前往北京寻觅中医护理，期待借着中医简单的"花子"或"针灸"等简易方法，有机会轻而易举地解决病患之痛，或许，也可成为当年"慈济护专"护理教育之特色。

当年，这虽是很好的创见，但要说服身受西方传来之护理教育思想熏陶的护理同仁们，是一件困难的大事，他们难以想象，一颗小小"花子"贴在耳际，怎会发生效用？一行人走访北京中西医结合医院，如今之护理部主任淑娟也同行，适巧失眠头疼，她也有冒险精神，勇于接受实验，说来也真神奇，"花子"轻按贴上，淑娟直呼有效，且第二天清晨，满脸神奇大声地诉说一夜好眠……好似抛弃原有信仰，积极地想引回台湾，好让护理人员既不需以侵入性疗法治疗病患，又可及时解决病患忧苦，于是乎，中医护理引进慈济护专[①]教学观念，于焉而成。

随着，生活品质之提升，尊重病患、降低疼痛的治疗观念丕变，癌末病患接受安宁缓和疗护尽可能解除痛苦，生命时日既然有限，何来解痛药物上瘾之虑？照顾其身病更照顾其心灵，安然无痛迈向新生；或，积极推展疼痛治疗，是人们在医疗照顾品质之提升，因此，疼痛药物之使用渐渐开放，当年想要引进之自然无痛、自然入睡方案，似乎已成云烟，内心隐隐不安……

在这资源使用爆炸的时代，全球气候不正常，警讯正默默地潜近身边，南极冰融化了，大家前往新西兰看浮冰

[①] 一九九九年，慈济护专改制为慈济技术学院。

奇观,可否谋思危机正埋伏在大家不知不觉间。病痛了,吃药解痛,可有更简单的止痛方式?

回归自然医疗

全球各大国家之医界,积极探索新医疗,也就是自然医疗,在中国称为中医,在许多国家称为传统医学,传统即回归自然,对志为护理同仁而言,护理的自然是慈悲、是母爱,发挥母性爱的光辉,是最自然的。但,对于年纪轻轻刚从学校毕业的护理新人,面对生死其苦难解,经常选择逃避现实为之。

最近,一位新店的护理同仁梦华,在化学治疗单位服务,日日看到癌症病患,虽非常有爱心,但可能工作量大,已经有一点麻痹吧,有时病患所提需求,仅能提供有限之照顾,无形之爱的"肤慰"鲜难传送,病患及家属唯有摇头慨叹。直至梦华赫然发现自己,难逃癌症侵犯,在历经抗拒、不敢面对现实之后,在同仁呵护照拂下,一步一脚印接受治疗过程,深深体悟生命的经历,才知病苦之苦,才能转化耐烦为病患"轻轻肤肤"。用自己经历换取护理本质,其

感恩大地，毫不吝惜滋润大地。扫地亦是扫心地，扫出光明清亮！

代价何其大！

十余年前，虽有取自然护理之念，亦因大陆大医院加护病房病患寥寥无几，病房内护理人员升起炭火取暖景观历历在目。此情形回台报告后，证严上人慈悲提供助学金，以高级护理（大学护理系）为培育对象，促成南京医科大学，成为中国大陆第一所有护理系之学校，提升护理水平。如今大陆进步神速，引进很多观念，无菌观念应该已经建立，但在新观念引进的同时，传统美好的止痛方法，既不浪费能源，又能即刻降低痛苦之祖先最佳遗产，是否已经抛弃不用？只有留待机会来临时，才能了解其真貌。

在迎接二〇〇七年新春到临的时刻，飞机不停往前飞，脑中思维不停轮转：回归自然，滋生对大地的尊敬，因大地孕育我们，我们感恩大地，轻轻的倚赖，轻轻的抚慰如怕它痛，宛如对病患之爱，如此，似乎是最重要、最自然的课题。

（原载二〇〇七年二月《人医心传》）

治未病

"心宽、念纯"的理念刹那间深深印在志工心坎,无求、无悔坚定往前行的力量,不断扩散滋生。

　　清晨,静思堂静谧无声,榉木林叶落满地,连落羽松也枯黄,虽然是暖冬,但,随着季节变化,叶落枝枯是自然法则,花开花落默默地在身边发生。叹!无法挽住时令,就如同身心轻安自在,不觉,蓦然,照见双鬓灰白,是讶异?是怅然?一年又过,智慧增长否?安住在人群中否?

心宽念纯爱无限

　　证严上人一如往年,奔波于全岛,亲自主持岁末祝福。七十余场次逾十万人接受他亲自道声感恩,亲自送上来自于智慧财产版税所得的两枚福慧红包,其中一枚内附的纪念币上是随师行图像,祈求一辈子随师?或累生累世随师于菩萨道？红包内系上稻穗种子数颗，三颗种子是"戒、定、慧"三无漏学，四颗代表"四无量心"，五颗象征"五戒"，六颗则是"六波罗蜜"，真心祈求的是洒一粒爱的种子由一而生百千万亿，百千万亿爱的波纹，荡漾于五大洲扩散无限的爱，这是真诚祈求，非仅是一分期待。

另一枚"静寂清澄，志玄虚漠，守之不动，亿百千劫"的红包上，有"五元"台币，"五元、有缘（闽南语发音）"，而这一分缘是要紧紧系住"亿百千劫、守之不动"啊！旁观着满心期待的环保志工、福田志工，满足地从证严上人手中接过红包，短暂的瞬间一声"感恩"，人间至情清纯自然，"心宽、念纯"的理念刹那间深深印在志工心坎，泪水不由自主湛然……无求、无悔坚定往前行的力量，不断扩散滋生，这是人间至性的希望啊！

遥望证严上人在每一场次的前五分钟准时入场，侧坐于舞台前一角，全神贯注观赏着一遍又一遍，同一支记录慈济二〇〇六年的剪辑影片而不厌，一遍遍观赏一遍遍津津有味，一遍遍地深烙在上人心坎的对于全球慈济人的感恩心情，没有耐烦与否，只有襟襟胸怀坦荡，用身教展露赤子欣学心情。

加上每一场次慈济人在社区，有人从吸毒到戒毒，有人从躁郁到欣然轻安，更有九十一岁老人"翻墙"是为做环保，令人忍俊不住笑翻。又看到一车祸家庭，全家陷入困境，慈济人日日前往慰问不得其解，眼看年轻生命日益消沉，妈妈深锁双眉，慈济人不禁自问解开心结之钥在何方？苦苦思索，终于，找到年轻病患心灵良方，就是请来慈济大专青年，利用假日成群前往，或弹吉他或打电脑，不是外星语言，而是年轻的心，带去年轻的希望，冰雪心灵终将融化，静默的病患，重重的启口，牙缝里拼出单字，奋力地从轮椅摇摆着站了起来，开口可讲的一句话语，竟然是"妈妈，我会赚钱养您"。"家"的希望拾回了，慈济人欢呼又一家庭喜上眉梢……这一些人间美善日日上演，是欢喜的菩萨现身，菩萨十地就在您我身边连篇不断，佛法生活化、菩萨人间化不是梦吃，就在您我一念间。

种福田、净心田

在医院，当大医王手持听诊器，用心倾听病患心音，轻扣病患神经系统传导正常否，浓浓的乡音乡土味十足，似病患至亲般殷勤问诊,忧病患所苦如何开解,在深夜,电话铃声响起,迎着寒风或赶往床榻旁,或急诊紧急呼叫连夜开刀至天明,无怨无悔只为了尊重生命;同样是大医王,在星期假日携家带眷,不是前往度假村度假,而是,为了探望乡间一隅,孤伶伶老人或残疾行动不便者,全年竟日于破漏瓦房居住,没有亲友探视关怀,居处一摊摊的蛆爬行四处,蟑螂、老鼠满地乱闯,粪便一窝窝置于四处,脏乱、恶臭难以形容,夜晚是和着蟑螂等共眠于被窝中,这景象非一般人所能了解。

　　这一群群人间菩萨,连同眷属深入其间送上温暖,用拿听诊器、手术器械的双手,举起斧头重重地敲破已破烂多时的旧灶,爬上屋顶清除水塔,拆除门窗,清扫环境,油漆墙面,搬离破旧木板床,换上新床棉被衣裳。但见全家老少欢喜扮演清洁工人,乐于在假日学习助人,连小学生也乐在刷洗木板门窗,乐在粉刷一道道墙面。做中学、学中觉,菩萨不分老少,不分职场专业,不为医疗,仅为提供弱智、残疾家庭,一个干净的环境,这也是大医王站在医疗最前线,建立清洁干净的环境,就是预防医学中重要的第一道关卡。也唯有慈济医疗的人医们,才能放下身段,勤习人间菩萨如农夫的精神，耕耘这一方方福田，大医王要治疗的不只是"病"，治"未病"才是大风范，是上医者最佳境界。

思绪随着菩萨身影不停激荡，难以排解大医王举起大斧头景象的感动，岁末接连着便要迎接新春来临，信步走在静思堂前枯黄落羽松道上，轻抚枯黄树干，忽然噗兹一声，见落羽松冒出新芽，欣喜，春天到来，菩萨道上感人事多，一年又逝，当思是日已过当勤精进，莫空白了头。

（原载二〇〇七年二月《人医心传》）

结好缘

人间冷暖百相，凭着，一股难以言喻的宿业寻获，牵系起生命的希望及生命难破解的奥秘。

　　二〇〇一年为抢救罹患血液疾病苏州少女，海峡两岸四家电视台（含大爱电视台）携手合作，以即时连线方式转播"抢救生命二十小时"节目，从台湾花莲慈济医学中心将捐赠者送入手术室，在手术台上从消毒、抽取骨髓开始，到抽出充满爱、盛载生命的骨髓，小心翼翼捧在手掌心，热腾腾的，一股暖流刹那传遍全身，感受到容器中的骨髓，似乎在奔腾、在呐喊："我要抢救有缘人，我要游向生命的另一端。""我要在新载体复制新生，我要带给新生命。"……手掌中温润坚毅的生命力跃跃欲试，至今犹存心中无法忘怀。

千里结髓缘

　　回顾那二十小时，据说有一亿多大陆同胞，人人激动一心为苏州陈霞小姐加油，没想到，此抢救生命关键的一刻，竟为大陆推展骨髓捐赠困顿窘境，打开一线希望；据悉那一天，捐髓热线电话铃声不断，"我要捐髓"、"我要捐髓"……为大陆低迷已久的骨髓资料库注入一股股救人的力量，从那一刻开始，短短六年，大陆骨髓库的志愿捐者资料已超过六十万笔，也已配对成功抢救七百四十六人生命，真是可喜可贺！

　　慈济骨髓库历经十四年的耕耘，至今送髓到全世界二十六个国家，其中，送到大陆已有五百多例，抢救五百多位病患，带给其家庭无限希望[1]。二〇〇六年，首次大陆捐者配对台湾病患成功，本拟取髓返台抢救生命，但，病患选择赴大陆就医，如今，两岸骨髓库再接再厉合作，于二〇〇七年七月二十日首次大陆捐髓两例到台湾，巧合的是其中一位捐髓菩萨，竟是来自苏州，于是，大陆苏州广电总台

---

[1] 截至2011年12月31日，慈济骨髓库志愿捐赠者达348185人，送髓至28国21731人，单大陆就占1151人。

力邀陈霞小姐参与此回大陆多家电视台连线转播之即时性节目"生命的回程",扮演护髓菩萨的角色。陈霞小姐从当年垂危的生命,注入捐者骨髓抢回生命后,如今,在苏州相当活跃,经常参与公益活动,但,身体虽健康,心里最大的愿望竟是希望有朝一日能见到救她生命的恩人,更希望当年慈济人转送捐髓者所致赠之一串佛珠,能由捐髓者亲手为她戴上,那一分企盼,那一分感恩,真是令人动容!

不由,想起当年年轻的捐髓菩萨之大仁、大智、大勇,记得,当笔者征询他是否同意供全程转播,他问笔者转播的用意,笔者说明或可经由此转播,带动大陆广大同胞挽袖验血捐髓之风气,他,扬起头,说了一句:"只要有益人类。"他义无反顾,毫不考虑地答应。回忆他果断坚定的神情,至今仍觉肃然尊敬。捐髓后,笔者曾至他府上拜访,感受到他阖府温馨的居家环境,幸福美满的家庭,而至今他仍表达时时刻刻祝福陈霞小姐身体健康,胸怀布施不求回报之心情,婉拒与陈霞小姐见面,虽婉拒见面,受菩萨胸怀所驱,或不忍见慈济人失望表情,或不忍让大家及陈霞小姐失望吧?仍然请家人协助拍摄约二分钟录影画面,现身表达感恩与祝福之殷殷心意,侠情柔肠溢于言表,一切尽在不言中啊!

视众生为己亲

近日,在晨间人文讲座中,聆听志工师姊分享,谈起一位九十二岁老奶奶,育有六女二男,想必年轻时,养育儿女辛苦备至。年迈,随女儿居住,而今,女儿年岁已高,因而送妈妈回兄长家,近日,女儿前来探视,发现母亲不能言语,似乎高烧不退,检视妈妈背部皮肤抓破,仅用眼药粉敷洒表皮干燥,经女儿争取始送大林慈院就诊,医师拟用钳子消毒伤口,岂知,略微触及露出伤口深且大又蓄脓,诊断需住院以免感染,媳妇女儿均婉拒,经医护同仁及志工苦苦好言请求,勉以同意其母住院。

住进病房后家人走避,经医护同仁相劝应有人留守,媳妇及女儿勉强各出一千元聘雇看护,随即各自回家。看护发挥爱心与志工合力照顾老奶奶,岂知,第二天志工再次前往病床探视,却见病床空荡荡,志工吓出一身冷汗,四处寻找,始知,奶奶的儿子,一早即来医院咆哮,强令办理出院,虽经大家相劝,儿子仍坚持坚定地说:"我妈妈已经九十二岁,不必住院了,应该让她在家自然发展即可……"言下之意大家定能意会,而,无血缘之志工分享至此哽咽难言,菩萨心视众生为己亲之大爱情怀,又岂是凡夫心所能体会?

社区协力如至亲

也是在晨间讲座中,证严上人开示,台中一位老菩萨,出生在富裕家庭,可惜,三岁时被家人发现是智障女,因此将她送给一对乞丐夫妇,从此她随着乞丐养父母乞食为生。不久,养父母双亡,因无力谋生而流浪街头,所幸,虽智障却相当勤快,村内民众经常请她代为照顾小孩,她从不拒绝借此换口饭吃。

年复一年,岁月不饶人啊!小女孩已成六七十岁的老人了,而,这一辈子她因勤快,全村庄的小孩,几乎都曾经被她照顾过,结了很好的缘,现在这群孩子都已成年,心思回报。甚至,有一位民意代表,发一分悲心定期存放一笔钱在杂货店,任这位老人家想吃什么,就到店家拿取,甚是方便。社区慈济人定期探视,这一天,却发现她躺在床上呻吟、发抖不已,除了紧急带往医院急诊,并为她打扫脏乱之住处,从录影带中穿梭的身影显现,慈济人是她的至亲啊!

慨叹,人间冷暖百相;深思,虽至亲却离弃;非亲,却伸出温暖的手,如骨髓至亲无法配对成功,非亲并远离数千或数万里之遥;凭着,一股难以言喻的宿业寻获,牵系起生命的希望,牵系起生命难破解的奥秘。缘,啊!结好缘!

(原载二〇〇七年七月《人医心传》)

关键

证严上人一念悲心,坚定毅力信念,创造四大志业八大脚步,让爱的循环不分昼夜永不停息。

    一年容易又是盛夏莅临大地。盛夏烘托着蔚蓝的天、白云轻飘、阳光热情奔放,慈济医疗志业就在二十一年前盛夏热情奔放中开创,开展以人为本,真情肤慰生命现曙光,相映着慈济人蓝色身影绕着全球,无私、无我、无怨、无求、无悔,洒播着爱的至情;从他们身影中看到的是,菩萨不停息轮转的脚步、真情洋溢的脸庞,替代着疲惫奔波的身影,散发着菩萨慈悲行止,奔放的是清净大爱。

    另一群白袍菩萨,医疗志业同仁们也一样,启业二十一年来,怀抱热情一波波东来,他们从驻足、过渡到常驻,是因为敬佩证严上人,是因为关怀偏远贫病,一步一脚印追随上人的宏愿,建构全球医界所肯定充满爱的医学中心,更追随上人建构一所培育爱的医疗种子之医学院,进而扩展到综合大学,以及一座培育人伤我痛护理医技摇篮。

抢救生命、争取未来

细数七千六百七十余日子,刻骨铭心的记忆是胼手胝足、和着汗水、和着泪水,一起用心拉回无数濒临死亡边缘病患的生命,不止抢救病患生命,在志工师兄姊的补位下,更挽回无数濒临破碎的家庭,更或挽回为害社会偏颇的见解,真正力行以病人为中心的"医病、医人、医心"之医疗;甚且延伸到不止医病人,而是以开阔的脚步,不论在医院内或走到病患家庭,关怀病患家庭的作为,具体实践全人、全家、全队医疗真谛,深耕着医疗大爱,是医界医疗人文之楷模。难得的是地处边陲,取得资讯、资源缺乏等环境中,在研究创新医学之发展上,更是不落人后、急起推展。

而,临床医疗从创造东部的第一,到全台湾的第一,甚或到创新全世界的第一,例如干细胞治疗脑中风,例如泌尿科注射肉毒杆菌毒素治疗排尿困难,骨科的人工髋关节、膝关节研制适合东方人的模组,僵直性脊椎炎的开刀矫治,抢救颈动脉破裂以人工血管支架之安置与取出治疗等,这

抢救不是争取一分荣耀，而是为病患争取更多可能的未来！

些第一，不是争取一分荣耀，而是为病患争取更多可能的未来！

　　在二〇〇七年院庆大会上看到上台领取服务满二十年的同仁身影，心头激动，涌现无限感动，一群群服务满二十年同仁，依序上台领取纪念奖牌，看到阿姨们斑驳的手背，看到护理同仁虽然脸上布满笑容，但洋溢青春的脸庞到灰白的头发，其他同仁也一样，从年少到迈入中年，甚至迈向老年了，脸上的皱纹似乎也增添一条条略深的纹路，不由感恩、慨叹想起他们为医院的付出，甚或，半夜推着病床，急促地从急诊到开刀房到加护病房等等之间的身影，内心激荡着夜深人静，护理同仁不舍病患依偎病榻的付出，看着他们以荣耀的欢喜心接过纪念奖牌，心里的激荡岂是语言能深喻！

关键在一念心

器官移植团队第一例活肝移植，就非常成功地展现在大家眼前，为周年庆献上最大的贺礼，从今开始，慈济医疗能为濒临肝衰竭的病患，提供最佳救命的生机，在台湾的医界也是名列前茅。

多年前，失去德恩法师的痛，至今犹存医疗团队的内心，德恩法师追随上人蒙剃度出家，一生奉献慈济，遗憾的是罹患肝病，经以"肝安能"治疗得以控制舒缓。可惜停药后肝指数上升，病情急转直下，唯一机会是肝脏移植，医疗团队苦苦等待有缘"尸肝"，无奈，因缘不和合，仅剩活肝移植救命途径。当时花莲慈院尚未取得活肝移植资格，团队们一方面推动着法师家人接受健检，筛选适合捐赠者，再方面寻求合作医院协助，委派符合资格东来慈院协助，第三方面向卫生部门申请，准予合作医院派员东来，非常感恩卫生部门官员们，在星期假日仍然加班审查文件，为的是争取抢救生命契机，遗憾的是虽亲自拜访请求抢救生命，却遭合作医院拒绝，万事俱备啊！却缺东风！只得眼睁睁地看着气息奄奄的法师舍报，那一分刺痛⋯⋯难消啊！

李主任在志工早会报告，这些年来发愤图强，至今，活肝移植成功时，心情既激动又哽咽，而此成功的动力除了记取法师之舍报，关键除在于捐受双方吻合生理的条件外，更关键的是坚定的意愿，此次儿子坚定意志捐赠抢救爸爸生命，爸爸也有耐力等待，还有，最最关键的选择是在慈济医疗志业移植。李主任谦虚地说，因为很多病患会选择累积许多病例的医院，但此病人虽经他再转介到其他医院移植，病患对他的信心却坚定不移，坚定留在慈济医学中心接受手术。李主任的谦卑，最重要是建构在人医专业的素养，深信是年轻医师们最佳典范。

慈济在大林的医院也一样，在璀璨的八月诞生，如今已经七岁了，七年来在"田中央"，积极深耕社区医疗，一辆流动医疗车行遍南台湾各个偏远乡镇,送医疗到宅服务,其关键在于若非有坚定爱的信念,岂能跨步推展!

　　再细推敲二十一年来,深入乡间义诊,行遍天涯往诊,倡导骨髓移植无损己身,飞越天涯送髓抢救生命,说不完一切的一切,其关键均在于证严上人一念悲心,坚定毅力信念,创造四大志业八大脚步,建构成全球善的"循环链",让爱的循环不分昼夜永不停息,"链"成大爱绕全球,关键、关键,关键在一念心啊!

(原载二〇〇七年八月《人医心传》)

无放逸

人生苦短、生命无常,活着把握分秒,往生后化无用为大用,把握分分寸寸无放逸啊!

近日与慈济大学曾教授在机场不期而遇,不由想起一九九四年证严上人创设慈济医学院之前,遭遇的许许多多难题;其中,大体解剖教学课程也是困境之一。当时,台湾所有医学院大体解剖的来源鲜少自主捐赠者,大都是路倒无名往生者,经相关单位公告无家属认领后,再依照北中南地区分配给医学院教学用,有些医学院苦等无着落,必须到国外进口大体,以应教学所需。

提倡大体捐赠观念

二〇〇七年夏天,中山医学院周老董事长莅临台中慈院,很客气、很感性地请笔者务必向证严上人致意,他说:"因为有上人的呼吁，解决台湾医学解剖无大体的窘境。"周老先生说捐赠大体是一项很困难的劝捐工程，幸因上人的德行，一呼百应破除医学窘境，开教育先河，改变台湾医学教育体制。他又说："慈济接受大体捐赠，不止自己运用，也愿意转捐大体给各学校，而且转捐出去的大体，比慈大本身运用的还要多。"

因转捐、因打破大体被千刀百割观念，使中山医学院不再愁大体来源，得以提升解剖教育品质，周老先生再说道："以前没大体可用，需进口大体，不仅仅是钱的问题，而是历经很繁琐的进口手续，好不容易教学运用完成后，又需办理出口，以便物归原主落叶归根，让往生者得以回到故乡入土为安。大体经长途远涉，或因腐朽而致运用困难……"言谈间，九十余岁高龄的教育家展露出曾经的无奈，但转瞬间，对于慈济提倡大体捐赠，转赠给该校时，抿着微笑的嘴唇，又展露出教育家获得教学资源的满足神情，为学生、为社会而忧虑、满足，教育家风范展露无遗。

以虔诚心尊重大体

当年，对于医学教育懵懵懂懂，仅知需要大体解剖，知道大体浸泡在福尔马林槽里，当参观医学院硬件设施时，发现大体储存槽绝大部分置于地下室，为恐腐烂空调温度设置很低。记得走到地下室时，超低的温度导致一股阴森的感觉，令人不寒而栗，尤其担心浸泡不当，因此再佐以石头等绑扎避免其浮出水面，想不怕都很难啊！

证严上人苦思若要呼吁捐赠大体以因应并突破将来医学教育面临困境，要劝捐首重尊重大体，正巧曾教授要回到慈大教解剖学，看到上人的忧虑，提起他在美国俄勒冈州教学的学校，是用干式方式储存大体，因此上人委以笔者与曾教授等一行人前往国外，探访最佳方法带回台湾参考。

第一站是美国，因此笔者第一次飞行十几小时，经洛杉矶转俄勒冈，近午夜时分，当天借宿于曾教授府上，叨扰夫人甚多，第二天清晨晨跑于树林间，野鹿不怕生，踪迹处处，新鲜空气袭人是人间仙境。随即踏上长达数百公里长程，沿途平畴绿野，佐以高耸林木，好一片浩大平原，令人目不暇给，昨夜虽无眠，却舍不得闭上眼睛，深怕这一片大好风光消失在眼前，至今印象深刻。

到了国立俄勒冈大学地下室，负责处理大体技术员已在等候我们，带着一分忐忑不安心情进入处理室后，赫然发现，空间里一具具大体等待处理，而这一些大体似一尊尊菩萨般安详静卧，不止不令人害怕，似乎还在呼吸般亲切，内心的震撼、感动难以形容，举起双手合十内心默祷与祝福。

进一步了解储存温度是一般常温，甚至可以在二十度左右，既环保又是亲切如家如卧室的感觉，这就是上人所期待的吧！进一步了解知道，往生后血液放流注入防腐剂，并在外面喷上一层保护膜，可在一般常温保存年度无限，只是，在喷保护膜时，用双手垂吊方式进行，不够尊重大体，经上人改良在九品莲花台上处理，祈求以一分虔诚的心，尊大体为无语良师，从老师默默无语身上，获得身体奥秘至宝。

一堂无言的生命课程

而，从第一届学生开始，多少深夜，学生向老师倾诉心里秘密，大体老师默然承受，并荡漾肤慰心灵相互对话，震慑无数人心，这是一种心灵交流教学，岂是第三者所能理解。午夜，在众多无语良师静卧空间，没有恐惧，只有一分温馨交流，羡煞所有来访之国外学者，纷纷期待慈济能传承经验。

大体解剖课程成为学生生命教育，学生说将来不止自己一人为病人看病，永远记得另一个人在他身旁，似乎深情陪伴看视病患，似乎轻扶着手协助探究病因。

为了实践无语良师的愿望，为了让实习医师的第一刀不是在病患身上学习，慈大又开创了国际间少有的大体模拟手术，将捐赠之大体存放在零下四十度冷冻库，在需要模拟手术时再解冻，供主治医师牵起实习医师的手，轻轻地在无语良师身上划下行医的第一刀，除了不流血外，其肌肉弹性等如犹有生命之身体，是那么的真实，却又是令学生们除了免于划错刀的恐惧，又可让住院医师、主治医师为医疗新术式所需，做最佳的学习，无语良师化无用为大用，除了"尊敬"两字还有何言语可诉说呢？

模拟手术成为慈大学生之必修，是国际间少有教学方法，因此国际间纷纷登记前来学习，十月底的模拟教学，印尼的医师们虽是回教徒，仍以虔诚的心，恭敬祝祷无语良师惠示他们学习新知机会，创国际的学习环境，所为的是，一切为病人，从病人为中心出发的考量。

除了医师们的感受，看看无语良师的家属们，参与启用仪式，当他们在掀开无语良师往生被时，刹那间，无限激动，一位妈妈抱着十四岁女儿的脸颊，轻轻抚摸着、抚摸着，忽然低下头来，抱住女儿头部喃喃私语良久，其情不言可喻啊！而我们更深深地体会到，一位无语良师背后，家属的大舍、家属的大勇啊！

人生苦短、生命无常，舍生者为良师，活着把握分秒，往生后化无用为大用，真是，把握分分寸寸无放逸啊！

（原载二〇〇七年十一月《人医心传》）

典范

守护爱

医疗志工,从年轻到白发斑斑,
无怨无悔无所求,
守护医院、守护病患、守护爱!

　　三月春雨绵绵,乍暖还冷阴晴不定,一早怀着缅怀与感恩心情,参与慈济大学办理的无语良师追思会,思绪随着典礼进行起伏,熟悉的良师身影一一闪过脑际,尤其怀念德恩师父生前点点滴滴,又忆念师兄姊们生前菩萨行仪,心情回荡着生命无常,如何把握当下心念不空过?

深得荣民*的信赖

　　忽见,志工老兵颜惠美师姊,随着司仪请家属就位上香时,庄严就家属位置站立、跪拜,有一点纳闷是她的哪一

---

* 荣民:1949年随国民党部队去往台湾的士兵,退伍后被称为"荣民"。——简体字版编者注

位尊亲也是良师之一？是有默契心有灵犀吧！她回过头轻轻地说："是一位荣民伯伯。"啊！心情更是激动与感动，孤苦在台的荣民伯伯，终其一生家在何方？亲人何在？

记得一九九一年大陆华东大水患，证严上人呼吁并带领慈济人，不畏艰难前往大陆赈灾，笔者有一两年间频繁往来海峡两岸，经常在香港机场见到已老迈、步履蹒跚欲返乡的荣民伯伯们，他们之中有许许多多不识字，在机场经常窘境百出，同行的师兄姊们很自然地上前照顾，时常会听到荣民伯伯诉说少小离家老大回，故乡依旧在，却是容颜改……离乡后彼此生活习惯变异，返乡后种种无法适应的心情故事，他们荏苒一生，绝大部分不是衣锦荣归，想家一辈子、回家却又背起行囊，再回到第二故乡的悲情，令人慨叹不已。

但见荣民伯伯们思乡、想家，而后归乡、回家，那一种近乡情怯，却又欲语还休；并见心怀离乡愧疚，孤独一生省吃俭用的佝偻身躯，却在腰际间缠可观金钱，携回家乡告慰父老妻儿，却又匆匆返台宁可独居，再往返两地间，些许行踪透露出无法为外人道也之几许无奈……

反而慈济人无处不在穿梭于各地荣民之家，似至亲般照拂荣民伯伯们，是荣民伯伯们依赖的对象，当他们有了病痛更是以慈济人为依归。有不少荣民，感动于证严上人及慈济人的爱，发愿捐赠大体供医学生解剖，更发愿来生要当能助人之慈济人。颜师姊则深得荣民伯伯们感恩与信赖，经常是将人生最后一件事托付给她，也因此让她担任无数次大体老师家属，但见她代表家属行礼如仪的跪拜，感动的泪水不由在眼角打转。

志工老兵——颜惠美、黄明月

慈济医疗志业二十岁了，颜师姊担任慈济医疗志工二十年了，从启业不久即与杜院长夫人等，走入病房肤慰病患，担任医病间的桥梁，软化病患与家属间刚强的心灵，化解亲属间尴尬的对立，与志工群们穿梭病房，献出生涩的十八般武艺，娱乐病患解病患心忧，或洗头、喂饭或追踪病患到乡里，或陪伴医护同仁走入社区，无论是清扫、看病、给药，或想尽办法将孤苦无法行动的病患，带回医院治疗。

记得有一回颜师姊用尽心力寻找一位住宿于桥下的老

慈济医疗志工走入病房肤慰病患，担任医病之间的桥梁。

游民，欲将他带回医院治疗，老游民不愿意返院治疗，颜师姊苦苦恳求终获同意，但有一条件是——不搭车，用走路回医院才愿意。为达成带他医病的目的，颜师姊陪着这位老人家，走了好几小时的路才回到医院住院。而，远自中南部前来就医的病患，出院时亦企盼颜师姊能到中南部探访，她也依约与当地志工们，带着医护同仁们对病患的关怀，前往病患住家探望。全人全程全家全队四全的照顾，在志工们的协助下，慈济医疗做到了。

大林的黄明月师姊也扮演一样的角色，她不舍年轻病患成为植物人，争取慈济慈善支助，为病患家属租屋筑房于医院旁，经常与志工们前往病患家里，陪着父母呼唤已成植物人之病患，历经多年坚定唤回病患心智的信念，有一天奇迹似的，病患家电话铃声响起，忽闻病患出声"电话来了"，一时全家欣喜惊叫，不可能的任务竟然完成。是亲情的呼唤？或是志工们的爱，感动龙天护法！

在慈院每一位荣民伯伯住院，志工们必须献出爱，因为老伯伯们没有家属，志工们排班轮流床边照顾，出院后追踪居家关怀不断，经常到宅为他们烹煮可口饭菜，陪伴一起用餐，感动荣民伯伯视志工们如子女，其中有一位陈才伯伯以捡拾海边石头谋生，将原本省吃俭用储蓄下来，打算往生后用做丧葬老本，捐给慈济，因为他相信身后事已有志工会尽子女之责，妥善处理，安心地在生前为社会献出一分爱，一时成为美谈。

为病患找回笑容

随着医疗志业二十年，医疗志工也已有二十年历史了，志工们投入的时间或人力，随着志业的成长有增无减，他们自掏腰包自付旅费，没有报酬只有付出，他们从年轻到白发斑斑，无怨无悔无所求，更无掌声的鼓励，甚至在初期还被视为是医院监督医护人员的眼线，若不是有坚定追随证严上人悲愿的决心，以及坚定学佛的信念，更甚者是悲悯病患之苦，欲拔病患之痛，如何能走这一路坎坷志工路，如何能感动医疗团队一起往前迈进？又如何做到全年无休守护医院、守护病患、守护爱！

请听，医院大厅传来一阵阵悦耳琴声，再听，病患们随着琴音尽情欢唱似天籁，医病、医人、医心，慈济医疗二十年有成，病患无限欢欣，志工们孜孜学习永无止境！医疗团队们心连心！"病患离苦得乐"，爱的目标永不止息！

（原载二〇〇六年三月《人医心传》）

母妇

护理同仁宛如上人所说的"母妇",似妈妈般呵护病患,吞下困难忍辱负重,无怨无悔甘为病患所依。

  台北慈院启用将近十一个月了,深夜,看到电脑上时钟将近十二点了,伸伸腰、收拾工作,步下楼梯走入大厅,喔!前面有位熟悉的背影,是门诊护理长?昨天刚从斯里兰卡义诊回来呀,不由轻轻招呼她一声,一回身,只见一向笑脸迎人的她,一反常态,轻蹙着眉头。关怀探询她忧愁何来?经细细的探索,原来是妇产科夜间门诊经常看至凌晨,跟诊护理人员的家属打来电话抱怨,说经常晚归、小孩没人照顾,要闹家庭革命了……并要马上到医院理论一番,经她一再请求,时间已晚是否明日再谈?好不容易家属答应改在明天来院与她详谈……

舍己救人守护爱

望着烦恼的她心疼不已，不由说："可否限制挂号？避免太晚。"她回答："有限号，可是病人到诊间找医师，医师答应为她加挂服务。"一时间心情五味杂陈，病患的需求、医师的慈悲、护理家庭的压力？因生命链串连形成的生命共同体？病患？同仁？任何一边都不舍，不忍不舍的感觉令人忧，信步再走到急诊，救护车声连连，在志工协助下，病患紧急被送入急诊区，看，家属或忧心忡忡陪伴床边，或心急如焚急救的亲人……医护人员忙碌进进出出抢救生命，他们吃饭了吗？生命在呼吸间的急促闪过脑际，病患的无奈、医疗从业人员的烦忧，能向谁倾诉，又有谁能怜？啊，剪不断理还乱！

难忘，在启业的第一个月病患涌入，来自不同医疗体系的医疗从业人员，虽有充分的职前训练，但要在最短时间内，从陌生熟识到融合，默契的培养是如何不易，忙乱中，同仁们夜以继日，守护生命守护健康，不忘守护爱的使命，紧凑的步骤，有欢笑、有委屈、有热泪；已婚的护理同仁，为病患暂时割舍家庭的需要，或有公公婆婆体贴协助照顾小孩,或先生暂兼母职,或先生不在台北,公婆更在家乡,小孩放学后电话的呼唤,"妈妈,几天不见了……可以早点回家吗?"……难舍家小更难舍病患,两难中,仍不眠不休夜以继日,只为坚定救人的职志。

清晨四点,护理部的督导,为小孩备妥早餐,轻轻蹑手蹑脚打开家门,招招手,搭着计程车赶到医院,匆忙奔入,到各病房关怀,同仁们可好?昨夜,是否是个平安夜?有新住病患?有急救?而,巧遇护理部主任,惺忪的眼睛,回绕着病房轻拍辛苦同仁肩膀,已经将近一个月未回家门,肩挑守护生命的后盾,是使命?是责任?是生命可贵的乐章?

闻声救苦不止息

更有,六楼心莲病房安宁照顾,病患的生命虽将近尾声,轻轻的音乐声绕着耳际,护理同仁轻轻柔柔地为病患沐浴,似爷爷、似奶奶、似父母、似兄弟,轻轻柔柔地肤慰心灵,假日不忘回到病榻旁,放弃休假,依然,护慰如昔,深怕,隔夜见不到病患;果真,病患欣然而去,护理同仁却

生的喜悦、病的苦痛,交织着人性的光辉。

黯然哭泣,宛若,失去亲人无法忘记,是白衣的悲怀使然,是天性,悠游不疲。

五楼,空中花园,凉亭绿意盎然,水池微波荡漾,准父母们腼腆而陶然的样态,欣喜写在脸上,花园旁乐得儿房间准爸爸伴随着产妇,轻轻按摩产妇疼痛的身体,加油!

加油！撕裂般的痛，加油！喝的一声，破茧而出，新生儿呱呱坠地见到新世界，爸爸笑脸呵呵、妈妈喜意绵绵，医护欢声连连，生的喜悦荡漾周际，护理同仁忘却奔忙，唯有欣喜充满心底。生的喜悦、病的苦痛，惊喜、悲痛交织着人性的光辉，间或，白天伴随深夜，偶有，广播声起，病房绿色九号呼叫（病患需急救），奔将前去，医护同仁已聚集，用力的抢救，是尊重生命的真谛。

　　经常思维，护理同仁们，又宛如证严上人所说法"七辈妇"中的"母妇"，照顾弱势、孤寡、似妈妈般呵护病患，吞下困难忍辱负重，无怨无悔甘为病患所依。或许当年，步入护理，是因为联考的恶作剧？或是年少的憧憬，对他们而言或已不复记忆，他们只记得，当，神圣白帽冠上头际，宣誓的声音永不忘记，志为护理无论山巅或水湄，无论乡村或都会，勇往直前坚定不移，排除万难照顾病友们，是志为护理的强心剂，"志为护理"更是护理同仁们，累生不忘的印记，护理、护理闻声救苦不止息。

（原载二〇〇六年四月《志为护理》）

能与不能

护理的能与不能,让我们好好地静思,如何轻安自在?又如何参透?做就对了!

静思堂前白衣大士云集,以无比虔诚用心手画虚空,细述慈济宗门勤习之《无量义经》偈语:"静寂清澄,志玄虚漠,守之不动,亿百千劫,无量法门,悉现在前,得大智慧,通达诸法",广大的道侣广场微风飘动在虚无空间,一股宁静气氛放诸大千世界,周围树木迎风似波浪般摇曳生姿,亿百千劫守之不动坚定之大爱无国界道心,乘着风衔着爱洒向世界五大洲。

护理之手擎生命之钥

在这一个感恩的初夏,光辉五月的第二星期天是慈济四十周岁,同一天全台湾庆祝佛诞节、母亲节,加上慈济庆

护理的手，如深化心灵的舵手，肤慰病患，不舍假日。

四十周年，三节合一庆典，慈济人分散世界各地，同步举办感恩过去、推动未来之"见证慈悲，深耕人文"活动；总点花莲静思堂多了大医王，以及白衣大士融入之手语，以"心似舟来手似桨"度化心情，划向自在佛性的源头，刹那间，心灵与大地融合，佛性现前的悸动……

无始以来白衣大士观世音菩萨闻声救苦，于娑婆世界穿梭，救拔众生无量无数，护理人员深受世人爱戴，素有"白衣天使"之美誉，证严上人尊护理同仁媲美为白衣大士，慈济医疗志业护理同仁深受感动，立愿效法观世音菩萨精神，订定"菩萨心，随处现，闻声救苦我最先"为护理宗旨；病榻旁他们的身影，肤慰病患不舍昼夜，而，他们的手在专业上，是用来抢救生命一瞬间，眼前的手却如深化心灵的舵手，用手刻画生命与慧命交织，用手指出人间菩萨如灯塔，用手指引迷航希望无穷，护理的手是如此的万能，应该也是直指他们自己内在肤慰众生的心灵。

而，护理的身影更是无处不在，无论是离岛是乡间，您是否注意他们的背影，孤单地骑着机车或自行车，急急忙忙穿梭乡间小道，守护无医村乡民的"头烧、耳烂"（感冒发烧或外伤），他们到宅服务，或抽痰或更换导尿管，或清洗伤口更换纱布，在没有医师的乡间角落，护理之手擎起生命之钥，想想，他们从豆蔻年华而至老迈，无怨无悔点燃生命希望，这正是"静寂清澄，常在三昧"的最佳写照。

白衣大士随处现

慈济医疗志业的护理同仁们，做居家关怀到宅服务，从呼吸器清洗调整到抽痰、拍痰、导尿管更换，到伤口护理，必要时医师同仁们一起前往访视治疗等，看到家属们为照顾长年卧床的病患,身心俱疲难以支撑,护理同仁们怜惜不已,为让家属有短暂休息机会,邀约同仁们放弃星期假日担任志工,推动免费喘息服务,让家属们得以有短暂之休假,或办理必要之工作,护理同仁们自动自发发挥视病如亲之精神,怎不令人感动?

但护理也有不能的时刻,经常在前往居家关怀或喘息服务的时候,遇上流浪犬或家犬,轻者狂吠重者穷追,常令他们胆颤心惊,骑着机车逃离不及,居家病患令人怜,护理的遭遇更是令人不舍,令人尊敬的是,他们并没有因此退却,仍然勇往直前不舍病患,白衣大士之称号当之无愧。

勇猛菩萨慈悲心

护理的悲心令人感动,记得多年前,一位护理同仁唯恐刚毕业的学妹,没有经验无法好好照顾病患,例如打针或抽痰经验不足,会增加病患痛苦,又担心在假人模型身上学习,假人不知痛苦不会回应,因此他主动躺在病床上扮演病人并张开嘴巴,请无经验之新进学妹,在他喉咙抽痰以及在他身上学习打针,可知,好好的喉咙被学妹们抽痰流血,以及血管注射困难疼痛不已，这一位护理同仁眉头不皱，依然笑脸相向，为的是鼓励学妹们，我们能说他傻吗？

　　十年前吧，大家听到"艾滋病"恐惧不已，而，医护同仁却没有拒绝照顾的权利，看他们进出病房，心里替他们担心不已，艾滋病患的悲情无人诉说，尤其末期时分，如何让父母知道？父母的接受度，亲友邻居的眼光，医病医人并要照顾病患及家属心灵，难度之高甚难言喻，眼见这可能是病患最后的中秋节了，护理同仁带着病患回家，陪伴病患及家属共度人生最后之月圆之夜，其情何堪？而，人人避艾滋唯恐不及，护理同仁却勇往世人眼中之火坑跳，其菩萨勇猛悲心，怎不令人钦敬！

　　虽有勇猛悲心却经常有不能解除之痛苦，因为生命无常，虽有最好的医疗团队，偶尔无法挽回病患的生命，任他用尽心力抢救，生命却如风筝般从手边溜走，那一分痛与无奈又岂是我们所能理解体会？护理的能与不能，似乎得让我们好好地静思，如何轻安自在？又如何参透？烦恼怎了得？做就对了！

　　　　　　　　　（原载二〇〇六年六月《志为护理》）

一念心

慈济医疗志业道上，若无同仁们真诚守护医院一念心，怎能绽放出专业兼具人文，令人感动的成果呢？

引颈企盼已久的医学中心评鉴结果终于出炉，"行政院""卫生署"的网站上公布，花莲慈院再次通过医学中心评鉴，林院长欣喜之余，立刻运用总机亲自广播，一方面传播喜讯，一方面感恩大家用心投入，同仁们乍听"我是林欣荣现在向大家报告一个好消息，感恩同仁们的辛劳，我们已经接到医学中心评鉴通过的公文……"，先是一阵错愕，接着全院欢声雷动，相互拥抱雀跃不已；忽然，脑海闪过评鉴那两天全院同仁的铆足劲，共同为维护这一个大家庭荣誉而付出的画面。

医学中心评鉴传佳音

耳际，响起评鉴结束前综合座谈时，卫生局林副局长

花莲慈院推动儿童发展复健中心，带给复健病童一线曙光。

的话语："我是土生土长的花莲人，二十年前慈济医院尚未启业，花莲乡亲遇意外、急重症等求救无门，或想转诊北部却是交通不便，经常，北上求医半途还，但见，往北的苏花公路上是求医路，却也是断肠路，遗憾常系家属心头。"

"慈济医院启业后，历经诸多困难，却坚定提升医疗品质抢救生命的决心，慢慢地，转诊北上逐渐减少，如今，在台湾居民居住环境满意度调查中，花莲名列前茅，观光事业也发展迅速，这一切除了县级公家机关的努力外，最重要的是有慈济医学中心，守护花东民众健康，更守护每年数百万前来花莲观光民众的生命，花莲需要有医学中心，慈济医学中心当之无愧。"

医师公会林理事长更是感性地叙述："在花莲居住近五十年，慈济医疗尚未启业前，花东民众翻山越岭求医之困境，近二十年来慈济医学中心，努力担负起花东医师之养成及再教育重任，更是诊所医师们的最佳后盾，慈济是东部最好的医学中心……"

在花莲慈院二十周年庆的前夕，接到医学中心评鉴通过的佳音，是献给证严上人以及全球慈济人最佳的礼物，有形的是给同仁们最大的肯定，无形的却是加重提升品质守护生命的责任。医学中心的打造，专业是本分，医疗从业人员若能时时从病人的角度出发做思考，才是证严上人以及全球慈济人最大的企盼。

复健病患的曙光

最近大爱电视台"志为人医守护爱"的节目，轮到花莲慈院同仁登场，复健科梁忠诏主任分享儿时罹患小儿麻痹行动不便，求学途中经常遭到同学们讪笑，他心理健康勇敢面对，并以己身之苦誓当医师解众生之厄，发愿学习复健学门，接受复健专科医师训练，学成；于十三年前，有感于花莲没有复健科医师，毅然决然东来服务，是花东第一位复健科医师，因为他的来临，带给花东需复健病患一线曙光。

深知证严上人心疼儿童发展障碍，除带给父母沉重负担，这一些病童将何去何从？他即默默推动儿童发展复健中心，免除其父母带着行动不便孩童奔波求医路迢迢，除带给发展障碍儿童希望外，更协助育有发展障碍儿童之父母走出阴霾，辅导成立协会相互扶持，经常往诊到家，有一次一位小朋友生病发烧，他飞快前往病童家里，开快车将小朋友送到医院急诊，当时，心里的紧张，宛如是自己小孩般……连自己的太太即将分娩亦无法兼顾……扶持脊椎损伤病友，陪伴他们走过最困难的适应期，长期到家里为他们导尿，甚至半夜一通电话，飞奔服务到家。

令笔者身心感动与感恩者，是健保初期医师们纷纷离职开业，当年，复健科医师是许多医院高薪挖角的对象，据知，诊所开给他们的年薪近千万，而，梁主任坚守岗位从不为所动,时,陈英和医师任院长,担心他被挖角,担心他嫌薪水少,我们一起商量如何增加他的福利,没想到,他笑嘻嘻地说:"我们家有两个医师,我不计较薪资多寡,弟弟收入比我丰盛,对我们家有帮助就可以了,我要当乡下医师,为病患离苦得乐而努力,且医院一直在亏本,复健科又是亏本科,请不必考虑我的收入。"多么令人感动啊!

团队接力以人为本

至今,梁医师他做到了,多年来,他主动请缨将服务延伸到关山、玉里,每星期总有一天,天还未亮摸黑出门,来回奔忙于花东铁、公路上,让行动不便的病患及儿童们,得以就近获得复健治疗,可惜!健保机关无暇兼顾如此有爱心之医疗照顾,治疗费用以地区医院给付,若不是一分真心的爱,岂堪路途遥远之艰难,一切为病患啊,梁医师却也乐此不疲,岂不令人钦敬!

而,复健科在医学中心却也扮演很重要的角色,因为,内科医师再会治疗,外科医师的手术能力再高超,若无好的复健做后盾,复原能量会减半,过去几年,花莲慈院治疗非常多，国际间认定困难之个案，若少了复健科的努力，如何能竟全功呢？医疗团队缺一不可，梁医师用心奔忙于医学中心、地区医院、病患的家庭间，这一分真心是奠立慈济人本医疗最重要、最宝贵的资源之一啊！

儿童复健中心庆祝成立十周年，加上医学中心评鉴通过讯息令人兴奋，深深感觉与有荣焉，在慈济医疗志业道上，若无同仁们真诚守护医院一念心，怎能绽放出专业兼具人文，令人感动的成果呢？一念心令人感恩，一念真心令人悸动，莫忘初心挑起责任迈步向前！

（原载二〇〇六年七月《人医心传》）

薪传

感恩团队们,不屈不挠夜以继日研发,一心一志为抢救生命勇往直前,薪传是慈济医疗更是医界不灭的希望。

欣闻慈济医学中心神经外科第三年住院医师蔡昇宗君,荣获世界神经功能学会颁发"二〇〇六年最优秀住院医师论文奖",引起参加大会的世界级教授们瞩目与鼓励,真是与有荣焉!除了优秀同仁扬名国际外,慈济医学中心今年度更是首创运用"干细胞疗法"治疗亚级型中风病患,在国际神经医学界受到极度重视,这是创"个人化"医疗的先驱,孜孜耕耘二十年,慈济医疗引领国际,令人欣慰与赞叹。

脑中风新疗法

所谓首创"干细胞疗法"治疗亚级型中风之人体实验,领先全球神经医学界,是林欣荣院长所带领的神经医学团队，多年兴筑"基因治疗"、"干细胞治疗"理想的实现，该亚级型中风病患参与人体试验的选择，是中风一年以上，复健治疗效果趋缓，甚或已定型了不再进步的病患。实验团队抽取病患自体血液在 CGMP 实验室分离干细胞后，运用立体定位技术将之注入体内。看到在开刀房内，团队们目不转睛的专注神情，一点一滴地将干细胞注入脑部细胞坏死部位，让干细胞自行修复坏死部位的情形，真是令人感动，只不知团队们是否在心里默默祈求佛菩萨加持，让细胞"生存因子"活力增加，令病患真能离苦得乐啊！

　　该项人体试验医疗，在注入后一星期照射核磁共振扫描仪，在影像上看到干细胞活络活动情形，参与试验之病患，中风后已有一年多双手无法抬起，在注入干细胞一星期后，很神奇地能抬起双手，显现此全球创举之疗法，已迈出成功的一步。

　　该项慢性中风治疗，是慈济医学中心继二〇〇五年间，首创急性中风病患在一星期黄金时间内，注射 G-CSF（颗粒白血球刺激因子）针剂之急性中风人体实验奏功后，再接再厉推展之脑中风新疗法，并见日本医界委请专人，前来慈院商议转送病患前来治疗之急切，真是感恩团队们，不屈不挠夜以继日研发，一心一志为抢救生命的方向，与医者使命的驱动勇往直前迈进，真是感恩啊！

从青春到圆熟

医疗专业卓越的表现令人兴奋，喜讯接踵而至，又来了一个惊喜。是很特殊的日子，在十月十二日傍晚，正在办公室埋首努力，忽然，眼前出现一群白袍大医王现身，年轻的脸庞洋溢着一片清纯，心里一阵悸动与澎湃，看着年轻的他们笑脸相迎，原来，有二十五位住院医师晋升为主治医师，是慈济医疗二十年来的第一次，他们大部分是慈济医学院的毕业生，自己培育的学生毕业，医师训练阶段已完成，真是恭喜啊！看他们手持邀请函，前来邀约十六日晚上，参与"感怀师恩、用心图报"茶会，真是感动耶，他们在晋升主治医师的同时，不忘多年住院医师的生涯，受到师长们的教导，练就一身救人功夫，在开启独立自主救人神圣时刻，办理茶会感恩图报师长恩。

令人感动的是，他们说：更要感恩护理同仁长期的陪伴呵护，以及输送中心阿姨们，关怀有加的恩情。果然，在十六日的晚上，看到新科医王菩萨们，恭敬地弯腰奉茶并诉说多年蒙照拂之恩，这一群新科大医王，从大学到主治医师，时光如梭在花莲一晃十二年，从青春到圆熟，从医疗门外汉到如今专业在握，绝大部分明白东部医疗人才网罗不易，甘愿留下来守护生命，实不容易啊。此情此景似温热的清汤，温润心底，温馨氛围洋溢四周，慈济医疗人文深荫医疗从业同仁们，医界前辈们在推动的人文关怀，不就是此刻最佳的写照！

奇迹背后的承担

不由想起大林慈院大医王们，守护西部偏远乡间。某一天，一般外科徐医师看到一个忧愁的妈妈，带着女儿四处求医无着，所幸有人指点，来到大林慈院刚好徐医师有门诊，小女孩仅有十岁，罹患先天性短肠症需开刀，徐医师不断自问我能吗？我可以被托付吗？帮小孩开刀所代表的往往是一辈子的照顾，除了我，谁能照顾他？托付谁？几经思索，大声回答自己：是我、我能照顾、因为大林有医疗团队。

手术后小女孩肠子只剩十六公分，肠子小于一百公分每天需要静脉营养治疗，对十岁小孩是千千万万难题啊，万一发生免疫不全、感染、若小肠移植需远渡美国？这个家庭，妈妈经营福利社倒闭，父母因为小孩疾病而分居，感恩徐医师的用心，父母因为被徐医师人医之爱而感动，夫妻言和家庭圆满。小孩需上学如何继续静脉营养治疗？徐医师亲自到学校，向老师说明学生之问题，请老师务必协助，更积极谋思是否有机会让小女孩摆脱静脉营养治疗？在团队的努力下，奇迹似的，七个月后小女孩停止浓度静脉营养治疗，而这奇迹的背后，是徐医师的智慧与承担，是他不断居家关怀的成果，不只治病更医父母心，谁能做到？看到徐医师欣慰的笑容，人医情操深深展露。

　　从专业屡创新猷抢救生命，教学引领住院医师研究探索，获国际间肯定，稳实交心为病患，一棒接一棒薪传，从未离开上人所期待的"以人为本"宗旨，也没有离开"感恩、尊重、爱"，新猷是病患生病的希望，薪传则是病患心灵的依靠，薪传更是医者仁者的根基，薪传是慈济医疗或更是医界不灭的希望。

（原载二〇〇六年十月《人医心传》）

典范

从病人角度出发,是本分,也是医者的责任与使命,医者赤子心,应是医界追寻的典范。

急驰于台九号道路上,山峦忽远忽近忽高忽低,虽然,冬天近了,路树有一点苍黄,车停岔路小道稍微歇息,身旁山泉水涓涓潺流,空旷山野间鸟叫声此起彼落,或呼叫、或呢喃,在鸟的世界里。

贴近土地与人文

慈济医学中心王志鸿副院长一面用心倾听,一面解说着这正是台湾乌鸦全家福正在互诉衷曲和乐融融,接着谈起花东纵谷各种鸟类、鱼类生态,以及候鸟准时报到,神奇的是它们能正确停留于去年栖息之处。话锋一转谈到南横的本土老鹰,夫妻成双母鹰怀孕啾叫声,公鹰时而飞翔、时而在旁用心护卫，深恐"鹰儿"遭受伤害，及至小老鹰呱呱落地，夫妻俩殷勤呵护，四出觅食、衔回食物，喂食小老鹰，接着父母爱子心切，殷殷教导小老鹰离巢觅食。约一星期左右，景象突变，老鹰父母不断飞翔，叫声凶悍欲急急赶走小鹰，希望它能自食其力。再过几天更见危急，好似父子即将成仇，若不远离会相互厮杀，导因为觅食不易，父鹰希望它另觅地盘，以免影响父母生存……

听王副院长娓娓诉说鸟的世界，似乎与自然界是如此贴近，很难想象在东台湾最受信任尊重的心脏内科医师，临床工作如此忙碌的他，在山野间，听鸟叫声即能分辨无数鸟类，甚或用心贴近体会鸟类互相依存话语，不由令人肃然起敬。

草根人医担负使命

王副院长家住屏东大碑乡下，父母亲在他要上初中时，就毅然将他们兄弟送到高雄读初中，接着高中直到医学系毕业，专研心脏内科，从小培养上进独立精神。因生长于乡下，至今草根性十足。

十五年前慈济医疗延聘医师不易，幸得他愿意发心来东，在证严上人的支持下，创设东部唯一的心导管室，立时，与北部医疗同步水平，抢救东部心脏病患无数。当时，心脏内科虽仅有他这一位医师，他即成立全年无休二十四小时救心小组，令人敬佩的是，不论任何医院、诊所转介病患，他都会即刻照会心脏外科医师待命，而自己则到急诊室门外等候，病患一到医院他立刻亲自推床上心导管室即刻治疗，因为，心脏是分秒不能停，一停就要命啊！

而在门诊诊间经常看到他为老人家看完病后，亲自为老人穿衣裤等等贴心动作；玉里、关山分院创设后，他更是从病人角度出发，每星期五下乡看诊，所持的理念是"送医疗下乡是本分，是医者的责任与使命"。接着，又负起玉里、关山两所医院行政管理任务，每星期五清晨四点半先到医院查房，亲自诊视每一位病患，除详细向病患及家属解说病情外，并向病患等说明必须下乡一天，晚上或第二天才会返院，他们或病情稳定，或有需要加强照顾，均由某一位医师代班，若有必要他会赶回医院处理，敬请他们安心等等，善尽医者说明义务，尽力做到病患知的权利，如此医病关系如至亲。

令人羡慕的是，知道他单身在花莲，每年竹笋新上市，病患会亲自为他烹煮笋汤，让他解解饥渴、温习家的感觉；更莫羡慕玉里、关山沿途，密集的病患族群已成为他的莫逆之友，经常在星期五的傍晚，病患在九号道路旁守候，希望拦截到他，回家吃晚饭。在医病关系逐渐淡薄的时代，王副院长与病患成为知交是否为奇迹呢？这一分交情，绝不是情感交融而已，更重要的是王副院长在专业上的努力精进，参与国际会议让他与世界时时接轨，当台湾很少人从手腕做心导管时，他已经率先施行手腕手术；当日本医界可以做多支心脏血管支架时，他已经有了临床经验，这也是他经常说的，为守护东部民众的生命，他岂能轻忽呢？

能解读自然、专业又精勤的王副院长，因为家庭务农，从小协助父亲耕作，协助母亲做家事，甚至缝补衣服手工细致，连烹饪也有一番好功夫。为感恩玉里慈院同仁及志工们，每逢年节，他会亲自买菜下厨，烹调色香味俱全好料理，以谢志工及同仁们的辛劳，真真，医疗人文外一章啊！

医者赤子心

二〇〇六年,在花莲直播《志为人医守护爱》,王副院长亦成为其中一集节目的主角,而大爱同仁瞒着他,跋涉到屏东访问老父老母,如今八十余高龄的双亲固守老家,父亲仍是传授种植高水平水果的老教授,母亲勤持家务,二位还是慈济的环保志工。当记者问王妈妈有什么话要向儿子说呢,妈妈用闽南语殷殷诉说:

"我每天清晨,举起三支香拜拜,只有祈求'鸿阿'平安啊!病患平安啊!"

"'鸿阿'恁自己要保重啊!我们这么老了,也还会照顾自己,请不要担心啊!"

"请恁自己要保重啊!我们老了,无法让恁依靠啊!师父很照顾您啊,我将恁交给师父了,他会照顾恁……"

一时,摄影棚空气凝固,大爱团队一片静默,主持人与王副院长的眼泪在眼眶打转,坐在电视机前的我,忽然,视线也渐渐模糊……

医者赤子心应是医界追寻的典范,能孝顺父母、敬爱同仁,传承专业于后进,融入病患心情与家庭,更加上在专业上用心研究新术式,并挑战干细胞修复心脏的个人化医疗。

九号道路旁的诚挚医病情与解读自然界鸟语的单纯朴实心,无论从任一细节深入解析,都能体悟其誓为人医真仁医啊!

(原载二〇〇六年十一月《人医心传》)

放下

放下优渥的收入，放下令人称美的身段，以清净心情沐浴在法海中，随时记录慈济人间菩萨行止。

　　二〇〇七年春节期间，来自全球慈济人返回花莲静思精舍过年。难得法亲齐聚心灵故乡，人人脸庞洋溢笑容，彼此感恩、祝福与恭喜声四起，没有象征喜气的鞭炮声让人惊吓，却有一股灵气似乎从中央山脉洒下，颇有天上玉珠洒人间的韵味，与精舍清修心灵磁场从地扬起爱的灵动，在空中相呼应，一种让人无法言喻的温馨，在精舍处处散发，似乎春风徐徐导入心田，或心田传导春风，已难以形容，唯有一分分的感动，扬起、扬起……

洛杉矶的华人市长

　　来自洛杉矶的林师兄，是经营六家综合医院的骨科医

山边海角，只要有爱、有心，就会看到温馨纯朴的医病之情。

师，是议员，更是难得的现任华人市长。林师兄事业有成侍父至孝，父亲高龄舍报往生，美国慈济人与精舍师父多所关怀，令他深受感动，也令他深思家业事业虽有成，但生命短暂如何充分使用生命所有权，因此把握当下发愿每个月返台七天，加入慈济医疗行列抢救生命守护爱。

缘于年假特别长，林医师频频表达要到急诊值班，或任一可以帮上忙的工作，一连十余天清晨三点半，随着敲板声起床，随着晨钟步入大殿，随着木鱼声在精舍法师的带领下虔诚礼拜唱诵。林医师放下在美国优渥的收入，放下令人称羡的市长身段,似乎,放下许许多多外在的诱惑,以清净心情沐浴在法海中,但见手上一本笔记本,随时记录慈济人间菩萨行止,菩萨学行超越世俗名利环绕,法喜在他脸上、在他身上散发无遗。

医者仁怀的潘院长

每年的春节除夕那一天,总不会忘记,远在东部乡间的玉里、关山两所医院同仁们,终年在乡间守护边远恬静乡民健康,兼或守护外来游客生命;经常想到他们定时定点送爱到南横公路深处,视纯朴的居民如他们至亲般,医病相依情谊超越医疗关系,加上慈善与人文浓浓至情人间少见,去年底大爱剧场播出"爱相随"连续剧,翔实生动展演出潘院长从香港到台湾求学,一口广东腔调国语,到了老化人口之乡下,原本就听不太懂国语的老人家听不懂院长所说,相互间比手画脚沟通,刻画出医者仁怀与病患的纯朴,院长太太本是都市娇娇女,到花莲定居已经难以习惯,被派到更偏远的关山,为爱甘愿伴夫相随,在现代女权高涨的社会真是难得。

乡间人口老年化，经常一天会连续为超过九十高龄长者开刀，想到地处偏远之地区医院，却肩负医学中心水平之责任，虽心疼他们的压力，但乡下老人宁死不到花莲就医的惯性，幸好潘院长等同仁们，有不可不治疗的使命驱使，爱心满满宁担负更大压力。救人、呵护生命是医者至上的标杆，怎能不感动与感恩？更何况他们经常在医疗工作空档，勤访乡里贫困积极解厄，是关山居民之福报，也是慈济之福报，更是医界之楷模。

此次除夕关怀之旅，幸运与难得的是自创院以来，第一次在除夕这一天，潘院长好整以暇协助同仁固守急诊，难得与他们坐下来闲聊院务，邱医师是关山医院走动在乡里间的代表，难得也在场，谈啊！谈啊！心灵交会的感觉真好，尤其他们与社区诊所之合作守护健康，与警察局合作守护乡里孤寡老人，每天要送便当到距关山一个多小时车程乡间，便当送到派出所，再由派出所警员接驳送进更深山老人手中，避免老人家饿肚子，听着听着心中激动不已。再谈到"爱相随"连续剧，让潘院长感到受宠若惊的是，原来乡民前来看病，仅抱持病患与医师相互需要之心情，如今病患前来求诊，了解原来医师下乡不是一件容易事啊,人人会向医师致上感恩话语。

人间处处有温情

更甚者,因为此出戏剧,促进许多游客前往关山观光,其中最重要的是到关山医院,见见他们的偶像——潘院长,当然可以连院长太太黄老师一起见到,更是心中最大企盼,但,见不到黄老师没关系,将焦点转向停在停车场的黄老师座车,与车子拍拍照,也令他们心满意足……

看到潘院长、邱医师等同仁兴奋谈谈说说,受肯定的感觉洋溢在他们心田,而从过去到现在丝毫未闻一丝抱怨声,有的仅是幸福的感觉,以及与同仁间互爱、生命共同的愉悦,人间何处再能觅得此温情?

但见此次同行的慈小六年级予怀小朋友,雀跃地见到偶像,一派纯真地想要当起红娘介绍扮演潘院长的演员,与他的女老师交友进而结婚,因为潘院长是好人,演员是分身必定也是好人,当是老师终生的幸福,听到童言童语不禁莞尔……

慈济世界处处温馨,推开窗看到花花世界纷扰不歇,促动证严上人悲怀，不禁请教医师人脑移植之可行性？再问脑中风干细胞分离移植之进展，更问优质"欢喜"干细胞是否可分离移植？或如何探测在数以"亿"计的脑神经中，分辨出容易冲动、生气神经？可否将其烧灼断除烦恼？让善的细胞不断滋生，恶的细胞消逝？或许从科学医疗角度，要强力改善人性困难重重，若能创造更多慈济世界，或慈济世界人间菩萨不断泉涌，降低贪欲提升利他知所进取，靠不断熏习真善美境界，转化人间邪思恶念，想想慈济人在寰宇间，不生气、不邪思，不靠科学在愿力，真幸运啊！

（原载二〇〇七年三月《人医心传》）

念纯

在护理神圣的白衣相伴下，清除的不是可看见的污垢，而是心中的无明，展露剔透明亮菩萨心性。

一年一度护士佳节翩然来临，增添春末五月多彩缤纷，尤其是凤凰树树梢花开累累，悄悄来凑热闹，那一片红，晕开来，热情洋溢，与护理之爱相映。

一分母性使命感

近日，花莲慈济医学中心护理部为培育护理人员，特提出菁英计划，准菁英们齐聚，个个提出护理抱负与使命，其中数位资深护理同仁，正攻读研究所亦申请加入菁英计划，经请教进修年限，有的计划多达四年，心中有一点纳闷，护理硕士学程需要如此多年才能完成吗？喔！原来被两大因素所拖延，一者因医院护理人力不足，无法舍弃病患专职念书，二者因已结婚有家庭，尤其是小孩年纪尚幼，无法全时、全心投入进修，需带小孩又有临床照顾压力，任一不能舍，其煎熬岂是我们所能揣度？闻之心生赞叹，却又燃起戚戚焉情怀。

四月某日某医科主任待产，忽然血压升高，产程惊心动魄，紧急剖腹产下可爱宝贝，不久，典型子痫症并发颅内出血，紧急送加护病房，虽是假日，神经外科主治医师尽出，涌进开刀房抢救生命，人人不敢掉以轻心，充分发挥同袍之爱。在加护病房住院中，笔者每日均往探望昏迷中的她，病榻旁公传室用心拍摄之新生儿照片，脸庞散发纯真童稚笑容，照片中偌大字显示"妈咪，加油！"，对应昏迷中妈妈不断躁动，难掩忧心涌上心头，紧握着她的手，不断提醒她要加油，同仁们绞尽脑汁，为无法改善病情，不断寻觅是否尚有其他潜在疾病……终于，查出副甲状腺有一颗肿瘤，似乎是引发亢进牵动血压升高主因，必须再开刀摘除牵动血压不稳之引信。在极端不稳定等等情况下，再开此刀十分冒险，却又不得不为之，终于摘除肿瘤，庆幸，经化验是良性，心中石头放下，引信拆除血压逐渐稳定，每日探视沉睡的她是必做的功课。

在护理神圣的白衣相伴下,护理同仁展露出剔透明亮的菩萨心。

有一天,偕同石院长进入加护病房,咦!某病床旁,似乎有一位护理人员背着小孩,是家人无法代为带小孩?必须带到医院一起上班工作?那么小带进加护病房难道不怕感染?带着满腹疑虑与石院长走上前。"嗨!这是谁家小朋友啊?"原来是一位小小病患,家附近是花东铁路,小朋友到铁轨边玩耍,岂知火车呼啸而来,真是命大啊。紧急送到玉里慈院再转回花莲慈院,开刀住进加护病房,家人因农忙无法前来照顾,小朋友吵吵哭哭无法停歇,护士阿姨只得设法背着他,边摇边哄边又照顾另一床病患,这真是奇妙景观,问护理同仁结婚了吗?尚未结婚,怎会背小孩兼做工作呢？无非，是一分母性使命使然，心中感佩难以言喻，据悉，背起病患已不是第一次，已不是新闻，护理同仁所做所为，是如此扣动人的心弦。

以病人为中心

在大林，呼吸照顾病房，因护理同仁用心日复一日的陪伴，让已近绝望的病患与家属唤回信心，终于出院回家。为着病患照顾的必要，常常扮演不守信用的母亲，因为，病患的变化，经常阻隔准时回家的承诺，甚至有一些专科护理师，全年无休护慰病患，仅仅是小小的心意，因"以病人为中心"的使命肩负在心头使然。而医院评鉴对于研究也有基本要求，在繁复的护理照顾下，护理同仁怎有时间收集个案深入钻研？做中学、学中觉是从过程中成长，如何将统计诉诸文字，则又是恼人的心头之石，如何在协助病患拆除生死拔河的引信中跳脱，撰写出一篇篇传承护理精神的文章，似乎又是课题一桩。

东部乡下的玉里慈院，与慈济其他医院一样，护理人力短缺，虽有花莲总院的支持支援，仍然需要专职之护理同仁。犹记得，玉里慈院搬到新大楼，需要开始收住院病患，更需开设急诊守护花东纵谷线之中枢,开刀房、加护病房亦需开设,如何接引护理人员东来乡间,是重大难题。不过,证严上人经常慈示:"愿有多大力量就有多大。"在花莲总院之鼓舞下,有数位护理同仁愿意南下常驻,加上神经外科张院长要在花东枢纽守护生命,护理的难题徒增不少,却也有人感动发愿驻守。八年了,除护理专业的成长外,玉里护理也发展出人人相互补位的特殊情谊,但看,院长亲自推着病床,踩着信心脚步逐步前进景象,无非是护理人员已经将病床准备妥善,才无后顾之忧往前推去,在这医院所散发出来的是,一家人如兄、如弟、如姊、如妹,共同为一分抢救生命守护爱的使命,努力运转着,不觉间,玉里已历八年了,在乡间,八年岁月何其长,在抢救无以数计生命的感觉中,却又何其短啊!

五月护理佳节,慈济护理同仁们庆祝活动,是选择到宅护理,到宅为病患清除污垢,在护理神圣的白衣相伴下,清除的不是可看见的污垢,而是清除心中无明,展露剔透明亮菩萨心性,"念纯",好与白衣相辉映,白衣大士闻声救苦,无论晴、雨,无论天暗或天明,喝!好一个护理佳节!

(原载二〇〇七年六月《志为护理》)

人医

医学教育之理想，兼具五家精神之良医，彰显科技与人文兼具的思维。

旅居美国加州圣马力诺市市长林医师又回来了，原以为看到他时已经回复美国老百姓身份，且上次回侨居地时，他向证严上人发愿，任期一到一定婉辞市长职务不再承接，怎奈他所居住市镇的居民虽美国本土国民居多，任他如何推辞，推却不了居民对他的信赖与肯定，只得再度连任。

同样冠着市长的职务，不同的是上个月他与美国慈济人，一起前往玻利维亚赈灾义诊，多了数次国际赈灾的经验，让他对人生的苦短、生命的意义，多了一分深层的体悟，此次回来除了为参与全球人医会年会外，更是与医疗同道，相偕前往让他魂梦牵挂，缺乏医师的玉里、关山两慈院帮忙值班。玉里在花莲的南部，关山隶属台东，这两所医院在东台湾扮演抢救生命第一线的角色，为病患奔走乡间小道，为他们深入山区，不止献出医疗之爱，更解决居民生活难题。

神经建造者——杨咏威教授

近日，美国新泽西州因治疗已故电影明星"超人"克里斯托弗·里维脊髓损伤疾病而扬名全球医学界、有"神经建造者"与"神经建筑师"之誉的杨咏威教授（Dr. Wise Young）于九月十二日第二次莅临花莲慈济医学中心，洽谈合作跨国脊髓损伤干细胞治疗人体实验计划合作细节，未来，慈济除受邀参与跨国干细胞治疗脊髓损伤患者之人体试验外，也将与刚获得一点五亿美金（相当于五十亿台币）经费的美国干细胞医学重镇新泽西州的罗格思大学建立更紧密的合作，进行干细胞研究与交流。

杨教授第一次来访时，就相当惊讶于慈济医学中心，领先全球运用干细胞做亚急性中风病患的人体实验，以及慈济合心实验室的研究能力，当时就兴奋地表示将再来访。此次到来，在听取骨髓干细胞中心及骨科在脊椎疾病方面的专精简报时，除感动与敬佩同仁们的成就，更在与证严上人见面时，表示他走遍全球，第一次发现如此优秀的团队，在台湾的花莲努力不懈为病患服务，尤其是对于同仁们，不仅照顾病患的身心灵，更考虑到家属的感受之情怀，肃然起敬。

"五家"全人医学观

杨教授不只是医学家，更是哲学家，此次面见证严上人的重点，除了要向上人请益心灵的观点，更为印证上次来台时，上人简单的就"希望与盼望"的浅释，令他返美后仔细思量并细细品尝体会，自己的想法是否接近上人的想法，那种求法若渴的精神，充分展现出哲学家的思辨热忱，真是令人敬佩。不由想起近日与国际间一位医学人文教授见面，我们一起闲聊当前全球医学教育。

聊啊聊，那位教授提出，他深思当前医学教育如何培育学生具全人医学观念，最好授与五家兼具之全方位教学，哪五家呢？

一、是具有政治家的敏锐，才能洞烛病患之病情于机先。

二、是具哲学家的思辨精神，才能适应于同一疾病不同病情病患之诊治。

三、是要具有文学家的幽默，方能用最佳之词汇，解释病情降低病患忧虑。

四、是要有艺术家的美感，方能修复病患之缺损，以及创新医疗解除病苦。

五、要有佛学家的慈悲胸怀，才能以人为本视病如亲。

确实，一位医师面对病患，是有无限的压力，若上述文学家除幽默外加上感性情怀，自然会有无限的想象力，或更有同理心，如能五家兼备从容看视病患，一定会对每一病患，及时转换角度思考，分秒"以病人为中心"，尊重生命，良医之路岂可言遥！病患之福分自泱泱而成。

科技与人文的交会

想想林医师久居国外，深耕医疗建立病患族群，获居民之爱戴，在回台省亲的一个因缘、一个偶然，加上证严上人一句话，竟会在第一次到关山、玉里慈院，立即被关山、玉里同仁全年无休、任劳任怨、坚守岗位抢救生命之精神，以及偏远乡间百姓艰困生活之百态所震慑,并被同仁视乡民如亲人之悲心,扣动他的悲怀,即刻发愿每个月要飞回台湾深入乡间代班,让关山、玉里同仁有喘息空间。

再者,随着运算技术的几何化,医疗科技在分秒间变化万端,就如细胞借着载体瞬间分化无数,但,无论跳跃式或喷井式进步,均是冰冷生涩的科技,却要运用在具生命之人体上,喔!当科技遇上人体,是分化或是融化?仔细思量若科技在遇上人体之前端,夹上一个安全链——人文,嗯!当科技遇上人文用在生命上,吁!温暖许多了。

杨教授具哲学思维,从病人出发做考量,体悟任其团队多么的优秀,研发成果一定要与具医疗人文之机构合作,才能开发出温暖救命佳方,此次再度来花洽商合作,试图让脊髓损伤病患站起来之人体试验,慈济团队与有荣焉!

而,我们一再谈的医学教育之理想,兼具五家精神之良医,眼前,杨教授、林医师的作为,彰显科技与人文兼具的思维,喔!良医典范之养成似乎就在转念间。

(原载二〇〇七年九月《人医心传》)

菩萨行

慈济人医遍全球，撒播爱的种子，没有种族宗教与时间之分别，随顺众生注入大爱绽放光明。

每年的中秋节，全球慈济人医们以一分虔诚的心像燕子般飞回台湾，齐聚花莲静思堂相互分享，过去一年翻山越岭奔驰于全球各地，为灾民或贫困病患付出的点点滴滴。其中最令人瞩目的是来自巴拉圭、阿根廷的人医，他们飞越最多的山头，飞行将近四十八小时才回到台湾，没有种族分歧、不畏言语障碍，只为认同慈济理念，只为有共同的理想——为人类、为贫病谋福祉。

全球人医的震撼

今年更荣耀的是来自世界卫生组织（WHO）、美国疾病管制局（CDC）、美国国家卫生院（NIH）等国际贵宾，他们有病毒、细菌专长，有关怀落后国家传染疾病、公共卫生专长，也有美国最大器官捐赠组织的执行长，还有洛杉矶卫生局的官员们，这些专家学者们，莅临会场传授他们专业领域的新知。因为是第一次参与慈济人医年会，甚或第一次贴近慈济人道医疗，对于慈济人无怨无悔无所求，奔驰于全球以感恩心送爱、送生命的希望，服务范围从摘除白内障启动光明、制作义肢、兔唇整型、各类疾病，还有灾难抢救生命、各式疾病诊治、社区公共卫生改善等等，贵宾们频频说震撼、震撼，并含着泪水说除了感动还是感动时，笔者的眼泪也跟着夺眶欲出。

尤其，令他们感到好奇的是什么样的力量，在带动这一群慈济人医们？是什么样的力量，在驱动他们力行共同的理想与使命？无限的为什么充满贵宾们的心田，而，一幕幕的简报重重地扣动贵宾心弦，良久之后，哦！恍然大悟，贵宾们觅得的答案是力量的泉源来自证严上人，是震惊？是敬佩？这一体悟更令这群贵宾科学家，吟哦良久……透露出未来的希望在这里之企盼。

国际医疗新视野

二〇〇七年的大会中，菲律宾、印尼各两家医院更与慈济医疗志业缔结紧密合作关系，未来慈济医疗将与合作之医院互补长短，相互学习成长，开创更多国际医疗新视野，对于三国间之医学生、年轻医师，相互交流激荡以人为本医疗基本价值观，堆砌医疗丰厚资源，深信是未来病患之福分！

人医年会结束，紧接着是国际麻醉医学会在静思堂国际会议厅展开，东道主的石院长特邀请宗教处惟崵师兄分享国际赈灾经验，慈济赈灾的理念，师兄师姊们以感恩恭敬心尊重灾民，慈济的环保融入医疗与融入灾难行动中，同样地让与会的麻醉专家们感动不已，据悉当天下午一位医学中心副院长作专题演讲后的结语是："我数十年来所做的服务、研究，与今天早上慈济的赈灾分享，怎能比较？真是小巫见大巫啊，我数十年来空过人生啊！……我要重新思考，未来的行医生涯，希望不要空过此生啊！"听闻麻醉专家慨叹与发愿的言语，怎不令慈济医疗同仁们更加精进呢！

终生不悔人医行

大爱电视台晚间九点的"志为人医"节目，每天受访的人医们，都有不一样的成长背景。新店心脏内科的林医师曾下乡到关山服务三年，其间，父母与夫人偶尔会到关山探班，不曾闲聊不了解其父母的艰苦，此次节目制作人用心采访，发掘林医师父母亲是泥水工人，过去，是辛苦堆砌一块块红砖墙，扶养子女成长，当儿子成为医师后，仍然辛勤工作直至最近始退休，当记者访问妈妈时，看着妈妈熟稔地边砌红砖边回答："我的儿子能救人，真辛苦、真伟大，希望不要让他有后顾之忧，好好专心为病患付出，病患之生命优先……"末了不忘说："儿子啊，你不用担心我啊！好好为病人喔！……"妈妈对儿子真诚信赖，妈妈对儿子身为医师的敬佩，真情言语三两句，回荡却是千万里啊！林医师的眼泪在眼眶中打转，好一幅人间至情画面啊！

而，新店的牙科用心为身心发展障碍病患解决口腔病苦，是全台少有医疗服务。身心发展障碍病患，有的年逾四五十岁了，心智却仅有三四岁之认知，见到父母为抚养年长子女，两鬓不止霜白，驼下的腰无法挺直，深皱的双眉与无怨的意志，是如此的成对比。当年迈的父亲带着年长子女前来就诊，三岁的智能使然，一时，诊间吵闹不已，如何哄诱？令其乖乖坐上治疗椅，是严重的难题，躺上治疗椅后，如何张开嘴？不咬医师的手？又是一艰巨的挑战，热闹的诊间，外表与心智无法协调的身型，这不是无奈的场景，这是人间大爱的景观啊！

　　想想为子女付出甘之如饴的父母，看看被病患咬伤的双手，没有停歇的爱点滴付出……当证严上人问医师的感觉，医师回答："感恩上人给我这样服务的机会，我将终生不悔往前行……"《无量义经》曰："医王医王大医王……如洪注大乘、润泽众生、布善种子、遍功德田。"慈济人医遍全球，在全球撒播爱的种子，没有种族宗教与时间之分别，随顺众生注入大爱菩提芽于暗冥处，使之绽放光明，忆，当巴拉圭、阿根廷、印尼、菲律宾等等医师们，虽不同宗教信仰，却恳求皈依上人，当，请求皈依上人时，虔诚地合掌长跪，轻轻啜泣，清纯的眼光仰视着上人目不暂舍，并虔诚地吟诵《立愿文》："传承法脉心相系，弘扬宗门志不移，慈济因缘会珍惜，静思法髓无量义,吾等弟子当谨记,敬请上人莫忧虑";人医人医发大宏愿、行大宏愿,菩萨行,于宇宙间累劫不退,"爱"无尽期啊!

(原载二〇〇七年十月《人医心传》)

重生

慈济从教富济贫到济贫教富的轮转中,不只是贫困者生存的希望,更是富裕者心灵的资粮。

　　历经寒冬落叶春又新,不经意,又见静思堂前马尾松树枝茂盛,看,似浪般,树叶随风摇曳,一波波很有秩序,一棒棒生生不息,落叶、新芽、绿叶成枝周而复始,伴着岁月悠悠,不觉间,多彩缤纷初夏的五月又来临,很兴奋,慈济将欢庆四十周年。

用爱铺成菩萨网

　　似奥妙的连结,觉行圆满的佛陀在五月庆诞辰,感恩无怨无悔的母亲在五月庆佳节,大爱绕全球的慈济,也是在五月庆诞辰,很巧合的,他们都一起诞生在缤纷五月的第二个星期天。而这一天,对于不分日落日出,连结成"日不落"绵密的菩萨网络之全球慈济人而言,是蓄积力量往前迈进的动力,是另一年循环的开始。

环绕三合一佳节日不落,似三个"日"的连结,散发"晶"莹剔透、铿锵有力无所求的爱,连结成日不落的爱之循环。在普天同欢的氛围中,却有一丝丝遗憾掺杂其间,那就是最敬爱的印顺导师舍报圆寂,虽未满一年,深信眼前转动的小小菩萨群中,应该有他的行踪;或许就是这一分惆怅的牵引吧,感恩缤纷的五月忽闻珍珠台风逐渐形成,行踪虽距离台湾尚远,不安的感觉涌上心头,虔诚地祝祷台风尽速化作气流。

幸运的是,四十周年浴佛庆典,珍珠台风似乎听到我们的祈祷而怜惜漫步,让我们在煦煦和风中,由常住师父带领志业体同仁们,以及来自世界各地之贵宾代表,用虔诚的心,似从地涌出菩萨般,静静地与天地宇宙接轨,"静寂清澄,志玄虚漠,守之不动,亿百千劫……"声声唱和,穿梭在慈济四十及会徽之图形中,似千手千眼观世音菩萨闻声救苦,"亿百千劫"不断穿梭娑婆世界,此起彼涌宁静中,虚空有尽,我愿无穷,大愿无疆,连绵不断,象征慈济不停息付出大爱,象征慈济精神生生不灭,遍洒全世界无障无碍，不由感动涌上心头，不由眼角湿润不已。

接着庆祝四十周年大会，有来自联合国秘书长安南先生祝福的书函，以及各国元首、教育机构，或透过镜头，或用书函，捎来无限的感恩与祝福，这一些祝福的源头，都是来自上人智慧领导，全球慈济人分布各地，无怨无悔追随，汇集而成的荣耀。志业体同仁将近三百人，用手语一字一字演出完整的《三十七助道品》，叙述菩萨道难行能行如何行，诠释出全球慈济人用爱铺成一条菩萨道，是实践经典要义，用坚忍毅力突破种种困境才能竟其功，四十年真是不容易啊！

欣然面对生命终点

晚会中医疗篇，看见医学生们，缓缓推着已经空荡的轮椅，轮椅上挂着"宝猜"师姊的慈济手提包，以及一条灰色围巾，银幕上，播放出宝猜师姊开朗笑着，抱着自己的病历与医师讨论病情的身影，当医师告诉她再治疗只是徒增病痛的延长，她选择面对"痛"，欣然面对生命终点，一心要保存最好的遗体，供医学生解剖，觉悟地透视生命，欢欣迎接"生命的消逝"，学佛者参透生命的常与无常，如何不令人敬佩。

任医师推断只有三个月的生命，宝猜师姊却爽朗运用生命的余光，奔走四处分享"从痴转悟"之人生历程，鼓励大家认知生命广度与宽度的意义，从桀骜不驯游走世界乐此不疲，到智慧现前体会过往生命的虚度，从生命的空泛到生命的丰厚，与医学生们分享生命的体认，无形中与医学生们建立丰富情感，期待医学生将来在解剖她的大体时，除了探索身体器官构造的奥秘外，也深入探索她的生命转折是否在大脑细胞中遗留刻痕，那一分"医心"的探索，是医学生求学生涯中最宝贵的一章。这只有在慈济世界，才能巧遇的学习广度，生命的生灭何惧？慧命的永存才是欣然！空荡的轮椅人去椅空，围巾、皮包的主人将会再来……

圆满的转换

真人现前的人文篇章，一位曾吸毒入狱，在狱中获慈济人关怀、鼓励、陪伴，发愿出狱后改邪归正，寻觅慈济、走入慈济世界，立志向上去除不良嗜好，为家庭、为社会付出，终获授证为慈诚师兄，并接引多位保外戒护嗜毒者，一同走入慈济世界，投入环保工作，勤习正向光明人生。毒瘾者要挣脱吸毒的诱惑，戒断路上一波未平，一波又起难上难，医疗界经常慨叹对毒瘾病患的无力感，而，一人吸毒全家遭殃，可叹！如今蜕变重生，但见，他们四位亲自在台上发露忏悔，母亲与妻儿同场现身，哭泣中相互拥抱，人间至情显现，一位妈妈说这是多年来的第一次，在母亲节有当妈妈的荣耀。他们一再感恩上人创办慈济世界，让他们家庭能在破碎中，获得圆满的转换，那一种幸福的感觉，回荡在台上。

慈济走过四十年，从慈善、医疗、教育、人文四大志业到国际赈灾、骨髓捐赠、社区志工八大脚印，从教富济贫到济贫教富的轮转中，不只是贫困者生存的希望，更是富裕者心灵的资粮，如宝猜师姊与陷入吸毒窠臼的师兄们，因为有慈济大熔炉的洗练，有慈济法水的滋润，而改变今生，甚或改变不可知的来生，佛说"预知来生事、今生做者是"，因果观不可无啊！

在医疗志业中,医病、医人是医疗从业人员的专长,而"医心"则是医疗团队追寻的目标,呵!真好有志工作伴,"医心"工作现曙光,团队们为重生加油!

(原载二〇〇六年五月《人医心传》)

探究

佛陀所说三千大千世界，竟是缩影在我们的肉体中。是我们负载着山川河流？抑或它们负载着我们？这一片山川大地，需要风调雨顺才保安康。

近年来欧洲科学杂志发表关于创新医学、干细胞、基因治疗等论述很多，其中相关人类演进部分，剖析新新人类生活模式，预言未来将有既不是男也不是女的第三类性别人类出现；乍阅读，有无限幻想并亟欲探究其论基，正当苦思之际，近日再听阅科学界研究运用医学再创新见地：研发经由脊椎抽取干细胞培养胚胎。这对于不孕人士是佳音。对于女众可不经由受精，即可孕育新生儿，其抽取培养之干细胞，不分男女均可为之，换言之，不分男女均可自体生育，这一讯息几乎是颠覆人类过去思考逻辑法则，未来有可能，婚姻已不再是延续后代的唯一法门，传宗接代的观念将被何种观念取代？

若果真，发展出人类经由自体泉源孕育新生命，接踵而来的婚姻、家庭将接受严苛挑战,千古以来男女两性各司其职本能,在被撕裂之后,人类伦理、社会伦理,必定会起更大巨变,何况单性自体生育新人类,却又是怎样的面目?真不敢想象此新发现,是人类之幸抑或不幸?看来自古迄今,对于两性平权之呼吁,经此大变动后,成为极为微小的问题了。

细胞里的大千世界

而,科技的进步,经常让人惊讶不已。

想起,二〇〇六年随师行脚至新店,在台北分院十六楼合心实验室参观,由姜淑媛教授引领着参看一间间实验室。其中一间设置非常昂贵的仪器,该实验室临窗,窗外新店溪壮阔横越,不知名山头绿意盎然,笔者正为窗外景色所吸引,正觉在这里既有尖端仪器,又有窗外美景随时映在眼帘,深信时时心旷神怡,在此人间天堂做研究,探究细胞奥秘,是何等的福报。回首,看到电脑荧幕画面,好一幅山川大河景象,简直是大地缩影,念头一转,莫非是拍摄窗外景色做成荧幕画面?看其气势磅礴却又不像,念头再一转,莫

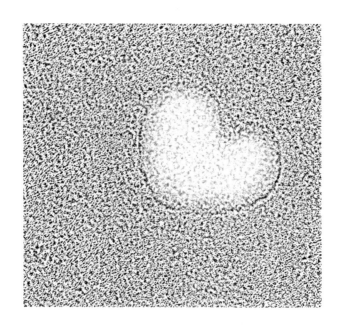

显微镜下,近万颗干细胞,因缘巧合聚集成一颗心。

非是细胞切片染色画面?兀自转念间,听到姜教授指着荧幕画面为证严上人解说:"这是一毫厘癌症病灶组织切片,经此仪器检查放大解析。"姜教授再将手指指在荧幕上类似世界地图中的河川谷底中的一小黑点说:"上人这一点黑点就是病变病灶。"上人以清亮声音笑着说道:"我还以为您们去哪里参观的风景照片呢……"一时周遭一片笑声,原来内行人看门道,外行人看热闹,就是如此鲜明对照。

看到微小细胞组织切片结果,铺陈出大地山河影像,不由自己地,静下心深深思索,佛陀在两千多年前,证悟人间心、佛、众生三无差别众生平等,但要将此心、佛、众生三无差别知见,落实于人间却又不容易,只因众生常为无明所牵系。再者:佛陀的轻轻一句"一念三千",这一念是遐思?是清净?是眼前?是恒远于宇宙间?三千大千在眼前也在遥远,是啊!简单轻轻的一句,所激起之回荡却是深远。佛陀说:从无始以来,以致无终无边际。在在都是经由现代科学家见证。对啊!佛陀并没有说先有男还是先有女啊!

  再从组织切片中看三千大千世界,原来,佛陀所说三千大千世界,竟是缩影在我们自己肉体中啊!是我们负载着山川河流?或它们负载着我们?而这一片山川大地,需要风调雨顺才保安康,佛陀在两千多年前,开示:人有四大"地、水、火、风",四大调和才能身心健康。看到一片组织如大地,确实需要水的滋润,山林更需和风温润,风不调雨不顺,病因此而起。如今从组织切片中,在在见证佛所说法不虚不妄,而,人体内在山川大地也需环境保护,才能永葆健康。但随着时日匆匆消逝,山川大地风化、老化是自然法则,如何用心保护,降低其负载?增加其能量?更是每一个人要自我检视,如何自体环保是不二课题。

自净其意，从心出发

从探索人体内山河大地，再延伸到外在的环境，竟是如窗内窗外景观，更如一面镜子内外照澈一致。内在课题可经由自己克制调整，延长自我一期生命，改善自己在这一期生命的品质。而，外在的环境虽是身外，却与我们息息相关，是我们生命的共同体，是我们不可或缺的氧气泉源，如今，因为我们追随文明进步的步伐，不经意地随波逐流，滥用物欲而不自知，风在我们身边轻吹，是我们一出生就享有，吸气、呼气已是自然法则，是我们生命的一部分或全部，岂知，不自知的我们如鳗鱼被饕客置于冷水锅中慢慢烹煮，鳗鱼犹悠游于锅中，待水温了、热了、惊吓了，已来不及了。

如今北极冰山慢慢融解，一块块冰块移动，地球已开始崩坏，我们要反省吗？我们是否等氧气稀薄了，我们大家用力吸取已不可得才惊醒？届时，要奔逃？逃向何方？另者：海平面也不自觉慢慢升高了，我们是要转换注意力？假罪于"圣婴"现象？而圣婴现象又是因何而起？当我们面临海平面升高、海岛将沉没，方想起我不会游泳一定会沉没于海中，但，会游泳又如何呢？要游多久才能着陆？

近日在《大崩坏》一书中，看到长久以来人类沿着历史长河，分别由不同角色、不同地点一再重演，而人类尚不自觉。是不知不觉？或不到临头不觉知？不久之前，西方科学家，谈到二〇五〇年，导致人类死亡最大的疾病是精神疾病，从科技的演化，第三种性别的诞生，再探索内部三千大千世界，再关切外在三千大千世界，要改变"精神疾病"吞噬人类生命的梦魇，唯有相信佛陀所说法"自净其意"，先清净心地，只要一切从自心、自身做起，降低自我负载，减轻地球负担，此，正是其时啊！

（原载二〇〇七年四月《人医心传》）

观察

我们该认真找出问题,面对问题,或许,就会有机会降低臭氧层急速龟裂,让大地之母恢复活力,滋养大地。

生住异灭,日出日落,自然法则;
时光流逝,分秒日月,是否空蹉跎?

竟日往返海内外,或空中或陆地行进间,心念交替不绝,其中慨叹也多,惟,不离心怀感恩,感恩示现身历贫病交迫的菩萨们,身虽贫瘠心却富裕满足,他们之中有的年迈、有的童稚,却共同拥有少欲知足的胸怀。近日从大爱台同仁分享中,看到大陆甘肃小朋友买不起铅笔,小手紧握向同学借到的一公分铅笔,振笔疾书写出娟秀字迹,没有埋怨只有满足,童稚笑颜洋溢,大爱台分享同仁声音哽咽。一时,心疼辛酸涌现。犹记得看到江西白竹小学生接到慈济人献上糖果饼干时,虽满脸惊喜却不急于将糕饼送入口中,而是小心翼翼地藏入口袋中，经关怀，得知是要带回家中献给父母享用，敬仰、心疼交杂，思绪奔腾无法言喻。

爱惜大地之母

清晨参与人文讲座，荧幕上印尼小朋友翻山越岭溯溪求学，不到一百二十公分的身高，竟要溯一百五十公分深的溪流，行进间没顶又冒出头，父母或亲人一手牵着小手，一手抬着书包溯溪而行，从此岸到彼岸，湿淋淋走出水面，赶紧将湿透衣服脱下，换上干净制服，并将湿衣晾在溪边绳索上，急忙赶到学校，开始打扫教室上课。下课了，换上已晾干便服再溯溪回家，没有都市小朋友撒娇不上学的情绪，只有求知若渴的神情，此时清朗的思绪，忽然间断了线，霎时空白一片，恨不能及时伸出援手。叹！岂是一句"不舍"了得。

望着贫困地区老少"克己养德"，心绪忽转一念三千，愁，摸不着边的地球病变，忧，温室效应天候骤变，时令几错乱，区域气候无法运用历史资讯；马来西亚忽发水患是前所未有的经验，所罗门群岛地震引发海啸，离岛提前沉入海底……天灾频仍是大地反扑，但，大地承载世人如母护子，怎会忍心反扑？古云：一月腊梅傲霜雪，二月杏花闹枝头，三月桃花映日红，四月牡丹压群芳。四月初，春在漫步？牡丹是否如期报到？再探一二三月，腊梅、杏花、桃花似乎也乱了方寸。

大地之母欲护天下无力，似乎任谁都不能推却责任，我们是否已该认真找出问题，面对问题？或许，就会有机会降低臭氧层急速龟裂，让大地之母恢复活力，滋养大地。

从抢救自己做起

检视人类从农业社会转工业社会进展到资讯时代，随着文明快速发展，是否忘却与万物和平共处法则？其中饮食文化更随着文明进展，速食文化急速推动，是否要统计一下，五十年前几乎靠劳力耕作耗损甚多体力，与现今靠脑力密集产能，消耗体力比率与食肉分量是否等比率降低，或不降反升？

似乎，我们忘却共存比率法则，为了口欲大量繁殖鸡、鸭、牛、羊，据专家探究，全球养有十二亿头牛，为了养活牛只需要大片绿地草原，造成水资源流失等等环境问题,而,它们所排放的屁,年产生一亿吨的甲烷,其杀伤力岂是简短数字能书,是牛惹的祸吗?更据统计全球有一百五十四亿只鸡,好可观的数字啊!若以当下养鸡的生长周期不超过三个月的话,一百五十四亿只鸡要乘上四倍,是一年生产量,六百万亿只鸡,一年内在全球出生、往生。近日朋友更分析,鸡出生后就被关在狭窄空间饲养,只能望着前方不断吃饲料,可悲啊!试想,全球六十三亿多人口,试算,平均每人吃进多少只鸡?鸭、羊、猪尚不算啊!

喔!人们肚子竟然是这一些畜类的活动坟墓,悲哉啊,行笔至此,不由痛悔过去自己无知,吃进不少孤魂!真是痛哉啊!

寒门出孝子,物质贫乏群中见知足者,在人与万物交锋,争相生存同时,可能不知病已从口入、从心入,人类啊,就从抢救自己开始吧,改善生活饮食习惯,既利己又利人啊!

守护环境、守护心

在医院,想当年南丁格尔一念爱心,献身医疗照顾病

"男"丁格尔是护理的大助力,更适合承担急重症的急救!

患,因此,护理发展总是以女性为之,近年来,不少男众也投身护理界照顾病患,这是一项重要佳音,因为随着文明进展,病患年轻化、也年老化,不管男女患者,除非病入膏肓,例如骨科、复健病患,身宽体胖者经常居多,女性护理人员要照顾协助翻身、擦澡,实在是一件艰困工作;尤其是护专刚毕业，年纪轻轻必须接触男性病患，有时尴尬难以适应，这种尴尬，也是当今虽读护理却裹足不敢向前担任护理工作的一项重要原因。

如今，男众发心体会守护生命的重要性，不让女性独秀纷纷投入护理界，成为护理界新尖兵，实在令人赞叹。然而，"男"丁格尔的心路历程，更是我们大家要共同了解与关怀，毕竟他们的加入，将会增添更多提升病患照顾品质的希望，证严上人向来尊称护理人员为观世音菩萨，我们祈求未来有更多"男"丁格尔投入医疗照顾体系，见证观世音菩萨是不分性别有男有女，但，您、我、他莫轻己能，只要坚定发愿守护自"心"、随手拈来守护环境，您、我、他也就是观世音菩萨的化身，对！守护环境、守护心，做就对了！

（原载二〇〇七年四月《志为护理》）

无尽藏

四十余年前简短皈依的叮咛,证严上人永铭于心的实践,借印公导师的缘,艰辛汇聚无数力量大爱的推展,于浩瀚无尽藏中灵光永远耀动。

温馨的五月不断传送暖暖爱的讯息,最令人兴奋的莫过于见到新加坡潘氏兄妹,劲扬、姿齐回花莲慈济医学中心复诊。

潘氏兄妹欢乐成长

睽违两年半再见两兄妹,看到医护团队及师姑师伯们,两兄妹略显腼腆,却展露灿烂笑容,除了长高外,哥哥变得温文帅气,妹妹则是洋溢青春少女模样,兄妹俩难掩兴奋,父母亲则是笑容迎人,惟,全家四口人似乎都瘦了一圈,但健朗自信神情却展露无遗,迥异于当年仓皇失措、心怯求医的忧伤神情。

想当年，在新加坡慈济人引领下，潘先生伉俪费尽艰辛，带着这一对在新加坡求医无效，已经瘫痪五年余，但见全身不断颤抖，并摇摆着手且不断抽搐的儿女，辗转万里迢迢来到花莲求诊。经前林欣荣院长率领神经医学团队，细心探索病灶证实罹患脑部 B 群细胞病变，团队们化不可能为可能，历经半年让两兄妹除了能站起来跨步慢行外，更恢复吃饭更衣等生活自理能力。回到新加坡樟宜机场，应记者要求喂妈妈吃面，那一刻，妈妈的眼泪如瀑布宣泄，令在场人士为之动容。

记得当年全家在花莲，受到团队们的呵护，心宽之余两兄妹胖了十余公斤，回新加坡后医疗团队经常前往探望调整晶片电池，协助教导复健技能。接着，两兄妹上学了，如今，变形的脊椎几乎回复正常，背架要更换了……总之，是圆满两兄妹愿望，回到花莲探望他们魂牵梦系的生命中的贵人，最最重要的是要再见证严上人，要向上人撒撒娇，要让上人了解他们生活得很好、恢复得很好。再见他们是慈济医疗团队的最爱，能让当年请求妈妈将姿齐从十六楼高层丢下求死之苦消除，全家恢复正常生活，父母感恩之情溢于言表，其医术创世界纪录，是良医更是仁医啊！

活得好、活到老

另一令人欢喜的是神经医学团队另一创新疗法，领先全球为病患量身打造的自体干细胞疗法之人体试验。其目的是治疗陈旧性脑中风已超过一年半以上、再复健已经无法再进步的患者，希望此治疗能让他们恢复行动自如。

我们知道随着高龄化社会、随着物资丰盛，活到老活得好是基本需求，而，脑中风造成半身不遂肢体障碍，造成家庭或社会问题，造成活到老活得快乐健康需求的阻碍，是当前全球医疗的挑战。而，慈济医学中心在花莲，有全台独一设于医院之 GMP 实验室，也引进全台独一细胞分离流式仪，当然，医疗团队如何抽取分离细胞之技术，再加上将细胞通过精确定位导航系统，将神经细胞注入受损脑部种植，从核磁共振仪、正子造影仪中看到细胞着床生根，历经一年余，神经细胞不断滋生，修复受损脑细胞之影像，再加上看到临床试验病患真正改善，从举步维艰、摇摆，到快步迈前情形，令人兴奋感动，这将是改善中风病患最佳良方，更是全球中风病患最大的寄望。我们已知来自全球各地洽询的治疗需求不断，企望此一新疗法早日获准实施，是中风病患最大的佳音,也是活到老活得快乐,最佳的企盼。

如如不动于初心

今年,住院医师升等为主治医师报告,也是令人惊艳不已。其中慈济大学医学系毕业同学,有一位蒙美国帕金森研究中心青睐,公费前往参与研究,尚未前往报到,教授就已经为他铺好路,找到赞助机构,让他参与欧洲医学会,可以及时融入帕金森世界潮流中,他却发愿一定返回花莲肩负传承使命,怎不令人动容呢!另一位则是专攻失智症,发愿为新世纪令人头疼的失智症防治步步踏实把关,至今已建立八百多位类失智患者档案,建立之完整追踪资料,或许是失智患者的依靠吧。

听他们铿锵有力务实地规划未来,亦步亦趋念兹在兹为病患,自信中展现一分悲怀谦冲,令人感受到慈济教育志业与医疗结合,教导出慈济特有风格与气质之不凡。重点为他们甘居较落后之后山东部,愿深入山区部落关怀,能让后山病患多一分医疗依归,不由令我们燃起一线薪火相传之希望,企盼他们也是医疗最前线的端点。

从医疗的成果，品味慈济四十一年在全球落实大爱情怀，源于证严上人无始以来深愿，"静寂清澄，志玄虚漠，守之不动，亿百千劫"之境界，从《无量义经》中的"昼夜摄心常在禅"的如如不动于初心，岂是弟子们轻易可得。

在温馨的五月，既庆祝佛诞日、慈济日、母亲节熔于一炉，推动在全世界同声齐唱佛号，用虔诚、虔敬心情"供花香、礼佛足"。在肃穆庄严典雅的浴佛大典中，人人产生内心深层佛性的共鸣，无数人的佛性悸动，是证严上人要用心具体实践，印公导师给予的责任"为佛教、为众生"的神圣使命。四十余年前简短皈依的叮咛，上人永铭于心的实践，是无始以来的因，借印公导师的缘，艰辛汇聚无数力量大爱的推展，难以言喻的巧妙，身为弟子愚钝无法窥其究竟，或许如脑神经病变的障碍，像是电厂瞬间停电邃入黑暗，而，我们在浩瀚无涯生命中，无明的显现显然就是自身电厂瞬间停电，谁能为我们复归？

探看，似乎一切尽在一念间，但盼，莫迷失自心晴朗佛性，于浩瀚无尽藏中灵光永远耀动。

（原载二〇〇七年五月《人医心传》）

探索

证严上人创建慈济世界,撒下第一颗种子,从而化生无量菩萨,慈济人带着满满的善业,撒播真爱不迟疑。

　　医疗志策会上,花莲慈济医学中心精神科林主任,报告他正在研究有关双胞胎的行为模式与卵细胞的关系。从母亲受胎开始,探讨同卵双胞、异卵双胞兄妹,在相同环境成长或不同环境成长,其行为或思考模式等是否相同或相异。以前,从报章杂志国际新闻上,也看到刊载双胞胎各自结婚,新郎或新娘几乎难以分辨自己的另一半站在左边或右边的趣闻。例如曾经到花莲慈院分割,连体的慈恩、慈爱两姊妹最近要上学了,菲律宾慈济人如待自己儿女般,将她们打扮得漂漂亮亮护送上学,忆当年,连体双胞来花莲期间,笔者一直难分其一,如今从寄回照片中仔细端详,仍然难分难解。

同卵命运大不同

但，令人惊讶的是，林主任展示所收集，来自全球学者贴身访问不同年龄层双胞胎，不同时间、地点分别拍照取得的照片，其解析相当有趣，不同环境成长，同卵双胞胎无论年轻或年长至年迈，其外表已无法与双胞胎兄妹联想。但，虽不同时间地点拍照，同卵双胞却无论手执茶杯，轻拍肩膀或随意站立，任一小动作几乎相同无异；可是，异卵双胞在照片上比对，无论是相貌或小动作，所得的结果则迥异于同卵双胞，完全无法觅得其相同姿态之处。证实同卵双胞百分之百同基因、异卵仅百分之五十基因相同的论证。

同卵同细胞分裂造就兄妹动作一致，但生命成长过程与所遭遇却不尽相同，卵是一颗细胞分裂为二，产生不同载体，相同基因、一起在同子宫孕育成形，因故分开两地成长，从微小动作中竟是如此相同，似乎见证脑细胞逻辑的线条一致，人生际遇却又迥异，不由托腮深思，从中探索公修公得、婆做婆得古德所说之至理，兄妹同卵命运却不尽相同，辉映佛陀所说"万般带不去，唯有业随身"，见证业力牵引之真理啊！

让脊椎损伤者站起来

因为治疗明星演员"超人"而闻名全球的杨咏威教授,他钻研胚胎干细胞移植治疗,因受美国近年减缓发展干细胞医疗之影响,目前应香港大学聘为杰出教授,企图在大陆或亚洲地区发展干细胞治疗脊髓损伤医学。他在医学期刊上得知花莲慈济医学中心在神经医学领域的专精,以及正在进行的全球首项创新方法,以分离 CD-34+ 干细胞治疗亚急性脑中风(中风后超过一年半以上)病患,将近十个月来颇有成效,因此联系于六月中旬前来花莲慈济医学中心访问,探询合作发展的可行性。

杨教授与香港大学苏教授在花莲慈院近两天的访问互动中,杨教授肯定慈济在高科技上的决心,以及他看到在任何医院无法延聘的志工群对病患的呵护,医疗团队追踪病患的踏实,更甚者,病患回诊的配合度,形成医病间共同推动的新科技、心医疗。杨教授说这一股动力,是如此的动人,也是开创新医疗最重要力量,若能携手合作推展干细胞医学,将是全球数百万脊椎损伤病患最佳的福报。

其中,杨教授分享目前全球脊椎损伤病患逾一千万,病患急速增加的是在大陆地区,或许是经济发展迅速因素,劳工朋友职业伤害，或在高楼坠落损伤，或工程中种种因素导致脊椎受损全身瘫痪。话锋一转，台湾脊椎受损病患也不少，大家一起推敲说，台湾过去因为骑摩托车脑外伤特别多，因此公家机关下令骑士一定要戴安全帽，很好的政策令脑外伤病患急速减量，但脊椎损伤病患却增加，探究其因全罩式安全帽之设计对于颈椎来说不安全，虽然可以保护脑部却疑是导致脊椎受损的祸因之一，大家激烈讨论，共同为人类谋福祉的基因，一时在会议室激荡不已。

打造有真爱的医院

而在五月中旬，大陆上海徐汇区中心医院，该院副院长率领医护团队等前来花莲慈院接受短期专业训练，其中有十位护理长深入病房同步工作学习，并下乡至玉里分院学习基层护理。将近十天的训练，他们对于慈济医疗全院性的 ISO-9002 认证通过，形成标准化护理惊讶不已，所惊讶的是在标准作业底下，不是冰冷制式照顾，而是真正以菩萨心，视病如己呵护老幼病患，那一分爱发自内心，激发出她们省思护理核心价值在何方？护理真谛在何处？

据悉，她们返回大陆后，不断讨论如何以病人为中心，如何守护护理初发一念爱心，她们计划将持续荐送护理人员前来受训，希望打造一座有护理真爱的医院。听闻此讯息，不由合掌感恩慈济医疗护理同仁们，平时在岗位上默默为病患付出，没有掌声、没有炫光照耀，却是如此尽本分守分寸，没有她们病人要何以为安呢？

从同卵双胞、异卵双胞细胞的分裂，本是同根生却因业力所牵引，造就不同的人生，惟，细胞的核心价值不离开爱，只是在转化的过程，是否有了质变？杨教授追寻的是要让脊椎损伤者站起来，也是为了爱，推动的过程难关重重，是否美梦会成真？护理人员也一样啊，不论在天涯或海角，共同的理念是博取病患露齿一笑，正像上人创建慈济世界，撒下第一颗种子，从而化生无量菩萨，似一粒卵子幻化无限生命，汇聚不同人生际遇的慈济人，回归内心核心真爱，创造他们将真爱说出来传出去的契机，降低连结恶缘的机会，祈求佛说"万般带不去，唯有业随身"的真理，是带着满满的善业，来去人间撒播真爱不迟疑。

（原载二〇〇七年八月《志为护理》）

春晖

母性至爱扣动心弦,串起宇宙间自然生息。医者父母心,春晖处处散发暖暖的温情,延展在天地间。

　　冬天的天空微蒙,海面上泛着一层薄雾,低空飞越龟山岛,但见浪花轻拍……此起彼落。忽想起一张座头鲸妈妈玛拉用左鳍拥抱幼鲸凯尔,徜徉海面的照片,既亲密又温馨。据报导座头鲸有近似人类或大猩猩的脑细胞,思绪浸淫于鲸母子遨游浩瀚大海悠然自在,自然耀于天地间的母性关怀……

　　母性至爱扣动心弦,似乎,人世间与生物间,共通不变的至性亲情,串起宇宙间自然生息不断轮替。

谛悟生命的真意

　　时光飞逝,二〇〇七年日历已薄得见底,今年已近尾声,循往例,证严上人跨着坚定的脚步,怀抱一分感恩与祝福，展开全台岁末祝福，所到之地处处温馨。

那一天，在云林斗南，警察局长来访，表达因为响应减碳，推动减缓地球暖化活动，将在警局前空地植树万株，特来邀请证严上人参与植树，企盼借上人的参与带动更多人回应。正巧，遇到社区志工分享人生。

云林师姊向上人报告，自己人生多舛，几度寻短未成，幸遇资深师姊引领，百般呵护长期陪伴，加入环保志工行列，渐渐转化人生观。资深师姊进一步接引参与委员培训，因不识字而数度婉拒，但在大爱台看到上人开示，听闻上人说："没读书不识字不重要，懂道理才重要。"让她豁然理解并参与培训，不断寻短的自己终于谛悟生命真意，开始在社区接引大众，并辅导命运与她接近的人。今天，与她一起向大众分享的一位八十余岁老菩萨，从小嫁到夫家，开始劳碌生活，不是务农耕作，而是更粗重的模板工，早出晚归承担养育家庭重责外，其先生日日加以打骂，"打某当练功（打太太当练功夫）"，让她全身长年斑斑红紫，而模板工作，一直做到七十余岁才退休。当慈济人问她，"既然天天挨打，是什么力量让您可忍受？想过要离婚吗？"她微笑淡淡地说："为了儿女啊！为了照顾儿女怎忍离婚？"淡然的微笑，母性光辉轻漾在眉梢。

社会的希望与典范

局长听完后也分享，他上任后整理云林警察人员史料，发现近五十年前，一位警官为追缉歹徒，反遭歹徒刺死，局长发现此位警员蒙受冤屈，无人为其厘清事实，因此追踪始末，除雪其清白，并为其争取晋封官阶。当他带着晋阶警徽，前往牺牲警员家里，年纪老迈的警员太太，颤抖着、张着嘴久久无法言语，久久之后始噙着泪水，喃喃自语说："半世纪已过了，终于有人来探视了……"说着说着局长噙着泪水："当年这位警员遗留下一位九岁、一位五岁孩子，以及怀着九个月身孕的太太，令人感动的是这位遗孀，终身守寡，养育子女并奉养公婆至终老，是街坊间人人称赞的好妈妈、好媳妇。"如今，警员儿子继承父志，也在警界服务。

局长又说了更令人惊讶的事。一件几年前渲腾一时的命案，当年有位警员为该案牺牲生命，媒体曾热烈报导该警员有位女友已怀身孕。昔日女友悲伤身影似乎已被社会遗忘了，而局长上任后赫然发现，那位女子现在带着已读小学的孩子，默默地定居在云林，为小孩没结婚。局长语毕，换成笔者张开嘴，久久、久久无法言语。为爱情？似乎不然，是母性的天性使然。

望着满头白发、满面沧桑，不识字的委员师姊，鼓起勇气投入慈济志业，虽风霜轻覆留下岁月痕迹，但慈济法髓沁润心田，菩萨智慧映上脸庞难掩光彩，也因透彻道理深谙谘商，如今是社区内最佳心理辅导员，救渡在自杀边缘或濒临崩裂家庭无数，是社会的希望。而，两位警员遗孀的坚贞至孝、至情，更是社会典范。

母性慈晖照人间

再看见，市井小民守本分于生活中。一位患小儿麻痹女子，嫁给也是小儿麻痹的先生，先生不知为何遭人误杀，虽救回生命，却因伤害脑部甚深，完全要倚赖太太照顾。看着患小儿麻痹太太行动不便地抱着先生上下床铺、喂食、清洗、呵护，已令人叹息，岂知，屋漏偏逢连夜雨，其儿子竟被诊断出肌肉萎缩症，真是情何以堪！惟，令人敬佩的是，这位女性以坚强意志力，加入慈济当环保志工，学习摄影、电脑等，以增长技能转化心境，化哀叹为助人动力，担任独居老人送餐服务，收入不丰家庭变故又多，虽低收入却高精神满意度。平凡民众的不平凡思维，仔细推敲，仅是落实克己复礼、心宽念纯，回归妇女的美德而已啊！

在慈济世界有如此多善知识相提携，见贤而思齐，抱持简单付出的思维。就像慈济医学院第一届毕业生朱崧肇，从单纯的大学生，接近慈济人文，选择留在东部，如今已是慈济医学中心血液肿瘤科主治医师，为罹患癌症病患付出寸寸爱心，是病患及家属的倚靠，因为丰富的医疗之爱，今年荣获"健保局"颁发全台十大优良医师之一。消息传来病患拍手称庆，朱医师年纪虽轻，但所谓医者父母心，护病患的心情，不亚于爸妈对子女的关怀。

座头鲸左鳍护子的印象依然鲜明，想着妈妈们为子女的终生奉献，病人优先的医者父母心，不禁轻轻吟唱起来，"慈母手中线，游子身上衣……谁言寸草心，报得三春晖。"嗯！陶醉地吟唱着，深深感受着，春晖处处散发暖暖的温情，延展在天地间。

（原载二〇〇七年十二月《人医心传》）

图书在版编目(CIP)数据

靠近爱/林碧玉著.—上海:复旦大学出版社,2012.5(2015.3 重印)
ISBN 978-7-309-08729-1

Ⅰ.靠… Ⅱ.林… Ⅲ.随笔-作品集-中国-当代 Ⅳ.I267.1

中国版本图书馆 CIP 数据核字(2012)第 022641 号

靠近爱
林碧玉 著
责任编辑/邵 丹

复旦大学出版社有限公司出版发行
上海市国权路 579 号 邮编:200433
网址:fupnet@ fudanpress.com http://www.fudanpress.com
门市零售:86-21-65642857 团体订购:86-21-65118853
外埠邮购:86-21-65109143
上海华业装潢印刷厂有限公司

开本 890×1240 1/32 印张 6.5 字数 94 千
2015 年 3 月第 1 版第 3 次印刷
印数 5 201—6 800

ISBN 978-7-309-08729-1/I·666
定价:26.00 元

如有印装质量问题,请向复旦大学出版社有限公司发行部调换。
版权所有 侵权必究